我也是第一次当人

梁实秋 著

湖南文艺出版社
博集天卷

·长沙·

所谓人这一生，不过是来不知从何处来，去不知向何处去，来时并非本愿，去时亦未征得同意，糊里糊涂地在世间逗留一段时间。

目录

001　**钱**　钱不嫌多，愈多愈好。

007　**穷**　积蓄是稍微有一点，穷还是穷。

013　**让**　小的地方肯让，大的地方才会与人无争。

019　**旧**　旧的东西大抵可爱，唯旧病不可复发。

025　**孝**　人在风木兴悲的时候才能完全懂得如何是孝。

029　**懒**　可以推给别人做的事，何必自己做？

035　**勤**　恶劳好逸，人之常情。
　　　　　就因为这是人之常情，人才需要鞭策自己。

039　**礼**　礼，除非是太不合理，总是比没有礼好。

043　廉　见钱而不眼开，谈何容易。

049　俭　理想自理想，事实自事实，侈靡之风亦不自今日始。

053　笑　能笑与不能笑，是人与非人的一个分别。

055　怒　减少生气的次数便是修养的结果。

059　脏　无论是家庭、学校、餐厅、旅馆还是衙门，最值得参观的是厕所。

065　鬼　谁说有鬼，谁就应该举证。

071　病　我觉得我们中国人最不适宜于住医院。

077　疟　这种病太讨厌了，既伤身体，又损盛德，苦痛艰难而为天下人笑！

081　挤　挤是一种民众运动，没有贵贱老幼之别。

083　客　乘兴而来，兴尽即返，这真是人生一乐。

089　钟　有人故意在同音语词中寻心，找麻烦，"钟""终"即是一例。

095　酒　虽然不一定要酒席下酒，至少也要一点花生米豆腐干之类。

099	书	人生如博弈，全副精神去应付，还未必能操胜算。
105	信	写信如谈话，痛快人写信，大概总是开门见山。
111	谜	民间的谜，还谈不到文字游戏， 只是最简单的思想上的游戏。
117	聋	聋子没有标志，两只耳朵好好的， 不像是什么零件出了毛病的人。
127	胖	胖子大部分脾气好，这其间并无因果关系。
135	鼾	鼾声扰人，究竟不是好事。
141	睡	多少身心的疲惫都在一阵"装死"之中涤除净尽。
147	梦	成年以后，我过的是梦想颠倒的生活， 白天梦做不少，夜梦却没有什么可说的。
153	鞋	赤足穿草鞋，据说颇为舒适， 穿几天成为敝屣，弃之无足惜。
159	猪	它不用愁吃，到时候只消饭来张口， 它不用劳力，它有的是闲暇。
165	鸟	鸟并不永久地给人喜悦，有时也给人悲苦。
171	狗	我总以为养狗的根本理由，便是家里有富裕的粮食。

185	**树**	树是活的，只是不会走路， 根扎在哪里便住在那里，永远没有颠沛流离之苦。
191	**雪**	赏雪，须先肚中不饿。
197	**雷**	年事稍长，对于雷电也就司空见惯，而且心想这么多次 打雷都没有打死我，以后也许不会打死我了。
203	**火**	一面是表演，一面是观众，壁垒森严。
207	**虹**	孩子是成年人的父亲； 我愿我以后一天天的时间，借崇拜自然而得以连接不断。
211	**吃**	据说饮食男女是人之大欲， 所以我们既生而为人，也就不能免俗。
213	**馋**	上天生人，在他嘴里安放一条舌， 舌上还有无数的味蕾，教人焉得不馋？
219	**粥**	腊八粥是粥类中的综艺节目。
223	**酪**	我们中国人，比较起来是消费牛奶很少的一个民族。
229	**笋**	油焖笋非春笋不可，而春笋季节不长， 故罐头油焖笋一向颇受欢迎，唯近制多粗制滥造耳。
235	**鸽**	鸽子的样子怪可爱的，在天空打旋尤为美观， 我们也没想过吃它的肉。
239	**蟹**	食蟹而不失原味的唯一方法是放在笼屉里整只地蒸。

这世上

只要是人

都复杂

钱不嫌多，愈多愈好。

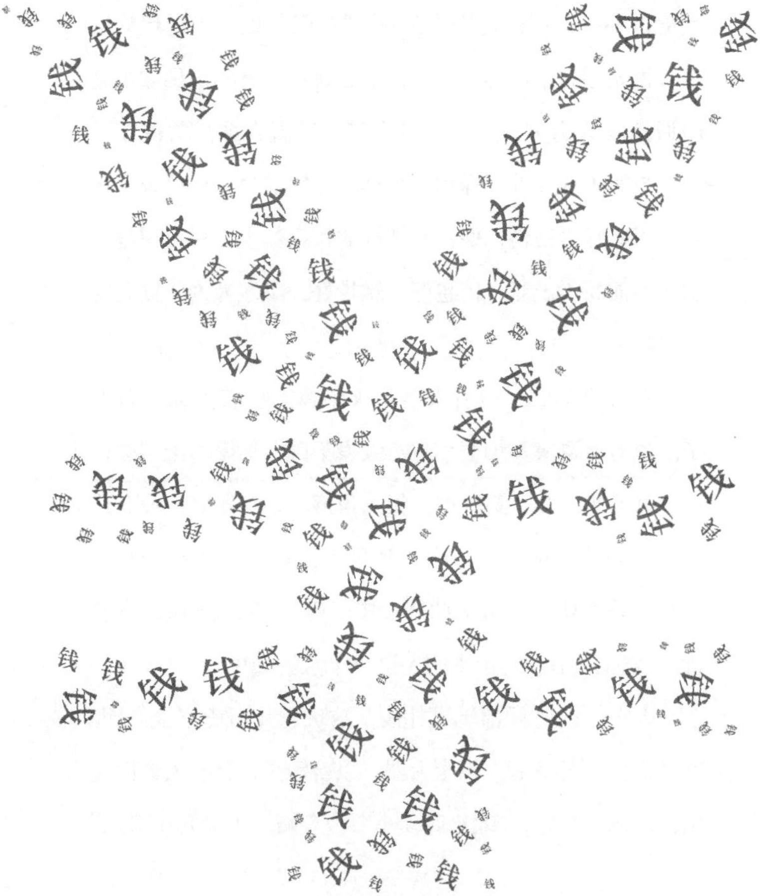

钱这个东西，不可说，不可说。一说起阿堵物，就显着俗。其实钱本身是有用的东西，无所谓俗。或形如契刀，或外圆而孔方，样子都不难看。若是带有斑斑绿锈，就更古朴可爱。稍晚的"交子""钞引"以至于近代的纸币，也无不力求精美雅观，何俗之有？钱财的进出取舍之间诚然大有道理，不过贫者自贫，廉者自廉，关键在于人，与钱本身无涉。像和峤那样的爱钱如命，只可说是钱癖，不能斥之曰俗；像石崇那样的挥金似土，只可说是奢汰，不能算得上雅。俗也好，雅也好，事在人为，钱无雅俗可辨。

有人喜集邮，也有人喜集火柴盒，也有人喜集戏报子，也有人喜集鼻烟壶；也有人喜集砚、集墨、集字画古董，甚至集眼镜、集围裙、集三角裤。各有所好，没有什么道理可讲。但是古今中外几乎人人都喜欢收集的却是通货。钱不嫌多，愈多愈好。庄子曰："钱财不积则贪者忧。"岂止贪者忧？不贪的人也一样地想积财。

人在小的时候都玩过扑满，这玩意儿历史悠久，《西京杂记》："扑满者，以土为器，以蓄钱具；其有入窍而无出窍，满则扑之。"北平叫卖小贩，有喊"小盆儿小罐儿"

的，担子上就有大大小小的扑满，全是陶土烧成的，形状不雅，一碰就碎。虽然里面容不下多少钱，可是孩子们从小就知道储蓄的道理了。外国也有近似扑满的东西，不过通常不是颠扑得碎的，是用钥匙可以打开的，多半作猪形，名之为"猪银行"。不晓得为什么选择猪形，也许是取其大肚能容吧？

我们的平民大部分是穷苦的，靠天吃饭，就怕干旱水涝，所以养成一种饥荒心理，"常将有日思无日，莫待无时思有时"。储蓄的美德普遍存在于各阶层。我从前认识一位小学教员。别看她月薪只有区区三十余元，她省吃俭用，省俭到午餐常是一碗清汤挂面洒上几滴香油，二十年下来，她拥有两栋小房。（谁忍心说她是不劳而获的资产阶级？）我也知道一位人力车夫，劳其筋骨，为人做马牛，苦熬了半辈子，携带一笔小小的资财，回籍买田娶妻生子做了一个自耕的小地主。这些可敬的人，他们的钱是一文一文积攒起来的。而且他们常是量入为储，每有收入，不拘多寡，先扣一成两成作为储蓄，然后再安排支出。就这样，他们爬上了社会的阶梯。

"人无横财不富，马非夜草不肥。"话虽如此，横财逼人而来，不是人人唾手可得，也不是全然可以泰然接受的。"腰缠十万贯，骑鹤上扬州"，只是一厢情愿的想法，暴发之后，势难持久，君不见：显宦的孙子做了乞丐，巨商的儿子做了龟奴？及身而验的现世报，更是所在多有。钱财这个东西，真是难以捉摸，聚散无常。所以谚云："积财千万，不如薄技在身。"

钱多了就有麻烦，不知放在哪里好。枕头底下没有多少空间，破鞋窠里面也塞不进多少。眼看着财源滚滚，求田问舍怕招物议，多财善贾又怕风波，无可奈何只好送进银行。我在杂志上看到过一段趣谈：

印第安人酋长某，平素聚敛不少，有一天背了一大口袋钞票存入银行，定期一年，期满之日他要求全部提出，行员把钞票一沓一沓地堆在柜台上，有如山积。酋长看了一下，徐曰："请再续存一年。"行员惊异，既要续存，何必提出？酋长说："不先提出，我怎么知道我的钱是否安然无恙地保存在这里？"

这当然是笑话，不过我们从前也有金山银山之说，却是千真万确的。我们从前金融执牛耳的大部分是山西人，票庄掌柜的几乎一律是老西儿。据说他们家里就有金山银山。赚了金银运回老家，熔为液体，泼在内室地上，积年累月一勺一勺地泼上去，就成了一座座亮晶晶的金山银山。要用钱的时候凿下一块就行，不虞盗贼光顾。没亲眼见过金山银山的人，至少总见过冥衣铺用纸糊成的金童玉女、金山银山吧？从前好像还没有近代恶性通货膨胀的怪事，然而如何维护既得的资财，也已经是颇费心机了。如今有些大户把钱弄到某些外国去，因为那里的银行有政府担保，没有倒闭之虞，而且还为存户保密，真是服务周到极了。

善居积的陶朱公，人人羡慕，但是看他变姓名游江湖，其心理恐怕有几分像是挟巨资逃往国外做寓公，离乡背井的，多少有一点不自在。所以一个人尽管贪财，不可无厌。无冻馁之忧，有安全之感，能罢手时且罢手，大可不必"人为财死"而后已，陶朱公还算是聪明的。

钱，要花出去，才发生作用。穷人手头不裕，为了住顾不得衣，为了衣顾不得食，为了食谈不到娱乐，有时候几个孩子同时需要买新鞋，会把父母急得冒冷汗！贫窭到这个地步，一个钱也不能妄用，只有牛衣对泣的份。小康之家用钱大有伸缩余地，最高明的是不求生活水准之全面提高，而在几点上稍稍突破，自得其乐。有人爱买书，有人爱买衣裳，有人爱度周末，各随所好。把钱集中用在一点上，便可比较容易适度满足自己的欲望。至于豪富之家，挥金如土，未必是福，穷奢极欲，乐极生悲，如果我们举例说明，则近似幸灾乐祸，不提也罢。纪元前五世纪雅典的泰门，享受了人间的荣华富贵，也吃尽了世态炎凉的苦头，他最了解金钱的性质，他认识了金钱的本来面目，钱是人类的公娼！与其像泰门那样疯狂而死，不如早些疏散资财，做些有益之事，清清白白，赤裸裸来去无牵挂。

积蓄是稍微有一点,穷还是穷。

人生下来就是穷的，除了带来一口奶之外，赤条条的，一无所有，谁手里也没有握着两个钱。再稍稍长大一点，阶级渐渐显露，有的是金枝玉叶，有的是"杂和面口袋"。但是就大体而论，还是泥巴里打滚袖口上抹鼻涕的居多。儿童玩具本是少得可怜，而大概其中总还免不了一具"扑满"，瓦做的，像是陶器时代的出品，大的小的挂绿釉的都有，间或也有形如保险箱的，有铁制的，这种玩具的用意就是警告孩子们，有钱要积蓄起来，免得在饥荒的时候受穷，穷的阴影在这时候就已罩住了我们！好容易过年赚来几块压岁钱，都被骗弄丢在里面了，丢进去就后悔，想从缝里倒出来是万难，用小刀拨也是枉然。积蓄是稍微有一点，穷还是穷。而且事实证明，凡是积在扑满里的钱，除了自己早早下手摔破的以外，大概后来不知怎样就没有了，很少能在日后发生什么救苦救难的功效。等到再稍稍长大一点，用钱的欲望更大，看见什么都要流涎，手里偏偏是空空如也，那时候真想来一个十月革命。就是富家子也是一样，尽管是绮襦纨绔，他还是恨继承开始太晚。这时候他最感觉穷，虽然他还没认识穷。人在成年之后，开始面对着糊口问题，不但糊自己的口，还要糊附属人员的口，如果脸皮欠厚心地欠薄，再加上祖上是"忠厚传家诗书继世"的话，他这一生就休想能离开穷的掌握，人的一生，就是和穷挣扎的历史。和穷挣扎一生，无论胜利或失败，就是惨。能不和穷挣扎，或于挣扎之余还有点闲工夫做些别的事，那人是有福了。

所谓穷，也是比较而言。有人天天喊穷，不是今天透支，就是明天举债，数目大得都惊人，然后指着身上衣服的一块补绽或是皮鞋上的一条小小裂缝作为他穷的铁证。这是寓阔于穷，文章中的反衬法。也有人量入为出，温饱无虞，可是又担心他的孩子将来自费留学的经费没有着落，于是于自我麻醉中陷入于穷的心理状态。若是西装裤的后方越磨越薄，由薄而破，由破而织，由织而补上一大块布，细针密缝，老远地看上去像是一个圆圆的箭靶（说也奇怪，人穷是先从裤子破起！），那么，这个人可是真有些近于穷了。但是也不然，穷无止境。"大雪纷纷落，我往柴火垛，看你们穷人怎么过！"穷人眼里还有更穷的人。

穷也有好处。在优裕环境里生活着的人，外加的装饰与铺排太多，可以把他的本来面目淹没无遗，不但别人认不清他真的面目，往往对他产生误会（多半往好的方面误会），就是自己也容易忘记自己是谁。穷人则不然，他的褴褛的衣裳等于开着许多窗户，可以令人窥见他的内容，他的荜门蓬户，尽管是穷气冒三尺，却容易令人发现里面有一个人。人越穷，越靠他本身的成色，其中毫无夹带藏掖。人穷还可落个清闲，既少"车马驻江干"，更不会有人来求谋事，讣闻请柬都不会常常上门，他的时间是他自己的。穷人的心是赤裸的，和别的穷人之间没有隔阂，所以穷人才最慷慨。金错囊中所余无几，买房置地都不够，反正是吃不饱饿不死，落得来个爽快，求片刻的快意，此之谓"穷大手"。我们看见过富家弟兄析产的时候把一张八仙桌子劈开成两半，不曾看见两个穷人抢食半盂残羹剩饭。

穷时受人白眼是件常事，狗不也是专爱对着鹑衣百结的人汪汪吗？人穷则颈易缩，肩易耸，头易垂，须发许是特别长得快，擦着墙边逡巡而过，不是贼也像是贼。以这种姿态出现，到处受窘。所以人穷则往往自然地有一种抵抗力出现，是名曰：酸。穷一经酸化，便不复是怕见人的东西。别看我衣履不整，我本来不以衣履见长！人和衣服架子本来是应该有分别的。别看我囊中羞涩，我有所不取；别看我落魄无聊，我有所不为。这样一想，一股浩然之气火辣辣地从丹田升起，腰板自然挺直，胸膛自然凸出，徘徊啸傲，无往不宜。在别人眼里，他是一块茅厕砖——臭而且硬，可是，人穷而不志短者以此，布衣之士而可以傲王侯者亦以此，所以穷酸亦不可厚非，他不得不如此。穷若没有酸支持着，它不能持久。

扬雄有逐贫之赋，韩愈有送穷之文，理直气壮地要与贫穷绝缘，反倒被穷鬼说服，改容谢过肃之上座，这也是酸极一种变化。贫而能逐，穷而能送，何乐而不为？逐也逐不掉，送也送不走，只好硬着头皮甘与穷鬼为伍。穷不是罪过，但也究竟不是美德，值不得夸耀，更不足以傲人。典型的穷人该是颜回，一箪食，一瓢饮，在陋巷，不改其乐。不改其乐当然是很好，箪食瓢饮究竟不大好，营养不足，所以颜回活到三十二岁短命死矣。孔子所说"饭疏食饮水，曲肱而枕之，乐亦在其中矣"。譬喻则可，当真如此就嫌其不大卫生。

让

小的地方肯让，大的地方才会与人无争。

初到西方旅游的人，在市区中比较交通不繁的十字路口，看到并无红绿灯指挥车辆，路边常竖起一个牌示，大书"Yield"一个词，其义为"让"，觉得奇怪。等到他看见往来车辆的驾驶人，一见这个牌示，好像是面对纶綍一般，真个把车停了下来，左顾右盼，直到可以通行无阻的时候才把车直驶过去。有时候路上根本并无车辆横过，但是驾驶人仍然照常停车。有时候有行人穿越，不分老少妇孺，他也一律停车，乖乖地先让行人通过。有时候路口不是十字，而是五六条路的交叉路口，则高悬一盏闪光警灯，各路车辆到此一律停车，先到的先走，后到的后走。这种情形相当普遍，他更觉得奇怪了，难道真是礼失而求诸野？

据说，"让"本是我们"固有道德"的一个项目，谁都知道孔融让梨、王泰推枣的故事。《左传》老早就有这样的嘉言："让，德之主也。"（《昭十》）"让，礼之主也。"（《襄十三》）《魏书》卷二十记载着东夷弁辰国的风俗："其俗，行者相逢，皆住让路。"当初避秦流亡海外的人还懂得"行者相逢皆住让路"的道理，所以史官秉笔特别标出，表示礼让乃泱泱大国的流风遗韵，远至海外，犹堪称述。我们抛掷一根肉骨头于群犬之间，我们可以料想到将要发生什么情况。人为万物之灵，当不至于狼奔豕窜地攘臂争先地夺取一根骨头。但是人之异于禽兽者几希，从日常生活中，我们可以窥察到懂得克己复礼的道理的人毕竟不太多。

在上下班交通繁忙的时刻，不妨到十字路口伫立片刻，你会看到形形色色的车辆，有若风驰电掣，目不暇给。从前形容交通频繁为车水马龙，如今马不易见，车亦不似流水，直似迅濑哮吼，惊波飞薄。尤其是一溜臭烟噼噼啪啪呼啸而过的成群机车，左旋右转，见缝就钻，比电视广告上的什么狼什么豹的还要声势浩大。如果车辆遇上红灯摆长队，就有性急的骑机车的拼命三郎鱼贯窜上红砖道，舍正路而弗由，抄捷径以赶路，红砖道上的行人吓得心惊胆战。十字路口附近不是没有交通警察，他偶尔也在红砖道上蹀躞，机车骑士也偶尔被拦截，但是刚刚拦住一个，十个八个又嗖地飞驰过去了。不要以为那些骑士都是汲汲地要赶赴死亡约会，他们只是想省时间，所以不肯排队，红砖道空着可惜，所以权为假道之计。骑车的人也许是贪睡懒觉，争着要去打卡，也许有什么性命交关的事耽误不得，行人只好让路。行人最懂得让，让车横冲直撞，不敢怒更不敢言，车不让人人让车，我们的路上行人维持了我们传统的礼让。什么时候才能人不让车车让人，只好留待高谈中西文化的先生们去研究了。

大厦七层以上，即有电梯。按常理，电梯停住应该让要出来的人先出来，然后要进去的人再进去，和公共汽车的上下一样。但是我经常看见一些野性未驯的孩子，长头发的恶少，以及绅士型的男士和时装少妇，一见电梯门启，便疯狂地往里挤，把里面要出来的人憋得唧唧叫。公共场所如电影院的电梯门前总是拥挤着一大群万物之灵，谁也不肯遵守先来后到的顺序而退让一步。

有人说，我们地窄人稠，所以处处显得乱哄哄。例如任何一个邮政支局，柜台里面是桌子挤桌子，柜台外面是人挤人，尤其是邮储部门人潮汹涌，没有地方从容排队，只好由存款簿图章在柜台上排队。可见大家还是知道礼让的。只是人口密度太高，无法保持秩序。其实不然，无论地方多么小，总可以安排下一个单行纵队，队可以无限伸长，伸到街上去，可以转弯，可以队首不见队尾，循序向前挪移，岂不甚好？何必存款簿图章排队而大家又在柜台前挤作一团？说穿了还是争先恐后，不肯让。

小的地方肯让，大的地方才会与人无争。争先是本能，一切动物皆不能免；让是美德，是文明进化培养出来的习惯。孔子曰："当仁不让于师。"只有当仁的时候才可以不让，此外则一定当以谦让为宜。

旧的东西大抵可爱,
唯旧病不可复发。

旧

"我爱一切旧的东西——老朋友,旧时代,旧习惯,古书,陈酿;而且我相信,陶乐赛,你一定也承认我一向是很喜欢一位老妻。"这是高尔斯密的名剧《委曲求全》(*She Stoops to Conquer*)中那位守旧的老头儿哈德卡索先生说的话。他的夫人陶乐赛听了这句话,心里有一点高兴,这风流的老头子还是喜欢她,但是也不是没有一点愠意,因为这一句话的后半段说穿了她的老。这句话的前半段没有毛病,他个人有此癖好,干别人什么事?而且事实上有很多人颇具同感,也觉一切东西都是旧的好,除了朋友、时代、习惯、书、酒之外,有数不尽的事物都是越老越古越旧越陈越好。所以有人把这半句名言用花体正楷字母抄了下来,装在玻璃框里,挂在墙上,那意思好像是在向喜欢除旧布新的人挑战。

俗语说:"人不如故,衣不如新。"其实,衣着这类还是旧的舒适。新装上身之后,东也不敢坐,西也不敢靠,战战兢兢。我看见过有人全神贯注在他的新西装裤管上的那一条直线,坐下之后第一桩事便是用手在膝盖处提动几下,生恐膝部把他的笔直的裤管撑得变成了口袋。人生至此，还有什么趣味可说！看见过爱因斯坦的小照吗？他总是披着那一件敞着领口胸怀的松松大大的破夹克，上面少不了烟灰烧出的小洞，更不会没有一片片的汗斑油渍，但是他在这件破旧衣裳遮盖之下优哉游哉地神游于太虚之表。《世说新语》记载着："桓车骑不好着新衣，浴后，妇故送新衣与。车骑大怒，催使持去。妇更持还，传语云：'衣不经新，何由得故？'桓公大笑，着之。"桓冲真是好说话，他应该说："有旧衣可着，何用新为？"也许他是为了保持阃内安宁，所以才一笑置之。"杀头而便冠"的事情我还没有见过；但是"削足而适履"的行为，则颇多类似的例证。一般人穿的鞋，其制作设计很少有顾到一只脚是有五个指头的，穿这样的鞋虽然无须"削"足，但是我敢说五个脚趾绝对缺乏生存空间。有人硬是觉得，新鞋不好穿，敝屣不可弃。

"新屋落成"，金圣叹列为"不亦快哉"之一，快哉尽管快哉，随后那"树小墙新"的一段暴发气象却是令人难堪。"欲存老盖千年意，为觅霜根数寸栽"，但是需要等待多久！一栋建筑要等到相当破旧，才能有"树林阴翳，鸟声上下"[1]之趣,才能有"苔痕上阶绿,草色入帘青"之乐。西洋的庭园,不时地要剪草,要修树,要打扮得新鲜耀眼,我们的园艺的标准显然地有些不同,即使是帝王之家的园囿也要在亭阁楼台画栋雕梁之外安排一个"濠濮间""谐趣园",表示一点点陈旧古老的萧瑟之气。至于讲学的上庠,要是墙上没有多年蔓生的常春藤,基脚上没有远年积留的苔藓,那还能算是第一流吗?

旧的事物之所以可爱,往往是因为它有内容,能唤起人的回忆。例如,阳历尽管是我们正式采用的历法,在民间则阴历仍不能废,每年要过两个新年,而且只有在旧年才肯"新桃换旧符"。明知地处亚热带,仍然未能免俗要烟熏火燎地制造常常带有尸味的腊肉。端午节的龙舟粽子是不可少的,有几个人想到那"露才扬己,怨怼沉江"的屈大夫?还不是旧俗相因虚应故事?中秋赏月,重九登高,永远一年一度地引起人们的不可磨灭的兴味。甚至腊八的那一锅粥,都有人难以忘怀。至于供个人赏玩的东西,当然是越旧越有意义。一把宜兴砂壶,上面有陈曼生

---

[1] 语出欧阳修《醉翁亭记》:"树林阴翳,鸣声上下。"——编者注

制铭镌句，纵然破旧，气味自然高雅。"樗蒲锦背元人画，金粟笺装宋版书"，更是足以使人超然远举，与古人游。我有古钱一枚，"临安府行用，准参百文省"，把玩之余不能不联想到南渡诸公之观赏西湖歌舞。我有胡桃一对，祖父常常放在手里揉动，噶咯噶咯地作响，后来又在我父亲手里揉动，也噶咯噶咯地响了几十年，圆滑红润，有如玉髓，真是先人手泽，现在轮到我手里噶咯噶咯地响了，好几次险些被我的儿孙辈敲碎取出桃仁来吃！每一个破落户都可以拿出几件旧东西来，这是不足为奇的事。国家亦然。多少衰败的古国都有不少的古物，可以令人惊羡、欣赏、感慨、唏嘘！

旧的东西之可留恋的地方固然很多，人生之应该日新又新的地方亦复不少。对于旧日的曲章文物我们尽管欢喜赞叹，可是我们不能永远盘桓在美好的记忆境界里，我们还是要回到这个现实的地面上来。在博物馆里我们面对商周的吉金、宋元明的书画瓷器，可是溜酸双腿走出门外便立刻要面对挤死人的公共汽车、丑恶的市招和各种饮料一律通用的玻璃杯！

旧的东西大抵可爱，唯旧病不可复发。诸如夜郎自大的脾气，奴隶制度的残余，懒惰自私的恶习，蝇营狗苟的丑态，畸形病态的审美观念，以及罄竹难书的诸般病症，皆以早去为宜。旧病才去，可能新病又来，然而总比旧疴新恙一时并发要好一些。最可怕的是，倡言守旧，其实只是迷恋骸骨；唯新是骛，其实只是摭拾皮毛，那便是新旧之间两俱失之了。

孝

人在风木兴悲的时候才能完全懂得如何是孝。

元郭居敬撰《二十四孝》以训童蒙，用意甚善，但由现代眼光来看内容颇多不妥。李长之先生曾作《和汉二十四孝图说》书评，刊于天津《益世报》我所主编的《星期小品》第二十四期（约在民国二十四五年间），其中有这样的一段：

例如"王祥冰鱼"这件事吧，用人体去解冰，而得鱼，实在太残忍。如果像北方这样厚冰，可能决非体温所能融化，如果冰不太厚，而体温可融，则体重恐怕又立刻成了问题，会沉下水中了。这样的故事，可说完全出自一种虐待狂的想象。在一个健康的民族是不会产生的。我们幸而有原始的王祥故事在着，那是见于孙盛著的《晋阳秋》：

后母数谮祥，屡以非理使祥，祥弟览辄与祥俱；又虐使祥妇，览妻亦趋而共之。母患方盛，寒冰冻，母欲生鱼。祥解衣，将剖冰求之。会有处，冰小解，鱼出。

这就近情得多。王祥去求鱼，是想剖冰，那便只有用刀斧了，而不是用体温；他之解衣，也只是为了用力的方便，并非想能裸体；至于鱼之出来，乃是偶然，乃是有一块地方冰冻得不厚，逢巧融化而已。王祥的母亲是一个继母，委屈从命也就罢了，能说冒了性命，用体温去融冰得鱼，那太有些不可理解了。

我曾以台北坊间所印《二十四孝图说》为儿童讲解，讲到郭巨埋儿一段，我感觉到很难讲下去，这个儿童天真地破口大骂郭巨"浑蛋！"，我为之愕然。因思"孝"是一件最平凡而又最自然的伟大人性之表现，训童蒙应选近情近理之事迹，不宜采取奇特难遇之情况为例证。郭巨埋儿是很难得遇见的情况，埋不见得是孝，不埋亦不见得是不孝。《礼记》："烹熟鲜香，尝而进之，非孝也，养也。"至于牺牲了自己的儿子来养亲，像这种孝法我们难得有实践躬行的机会。

孝父母与爱子女连续起来是一桩事，一是承上，一是启下。偏重承上，与偏重启下，均不得其正。

人在风木兴悲的时候才能完全懂得如何是孝。

清人陆以湉《冷庐杂识》录徐灵胎道情《劝孝歌》，语虽俚而真挚动人，愿抄在这里：

五伦中，孝最先。

两个爹娘,又是残年。

便百顺千依,也容易周旋。

为甚不好好的随他愿!

譬如你诈人的财物,到来生也要做猪变犬。

你想身从何来?即使捐生报答,也只当欠债还钱,

哪里有动不动将他变面!

你道他做事糊涂,说话倚偏,

要晓得老年人的性情,倒像了个婴年,

定然是颠颠倒倒,倒倒颠颠。

想当初你也将哭作笑,将笑作哭,做爹娘的为甚不把你轻抛轻贱?也只为爱极生怜。

到如今换你个千埋百怨!

想到其间,便铁石肝肠,怕你不心回意转!

懒

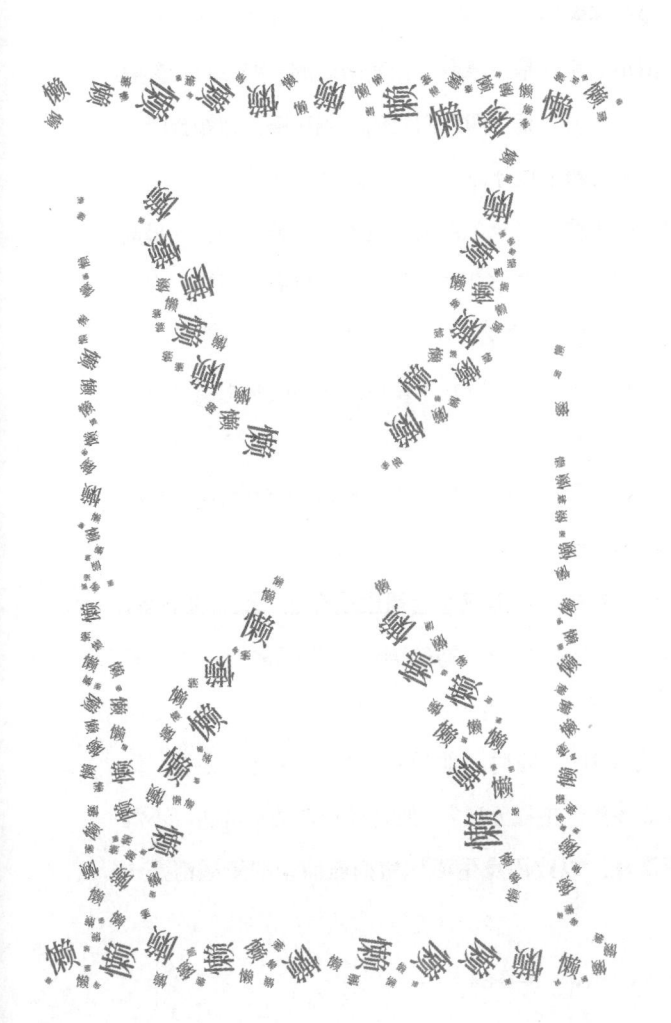

可以推给别人做的事，何必自己做？

人没有不懒的。

大清早,尤其是在寒冬,被窝暖暖的,要想打个挺就起床,真不容易。荒鸡叫,由它叫。闹钟响,何妨按一下钮,在床上再赖上几分钟。

白香山大概就是一个惯睡懒觉的人,他不讳言"日高睡足犹慵起,小阁重衾不怕寒"。他不仅懒,还馋,大言不惭地说:"慵馋还自哂,快乐亦谁知?"白香山活了七十五岁,可是写了两千七百九十首诗,早晨睡睡懒觉,我们还有什么说的?

懒字从女[1],当初造字的人好像是对于女性存有偏见。其实勤和懒与性别无关。

历史人物中,疏懒成性者嵇康要算是一位。他自承:"不涉经学,性复疏懒,筋驽肉缓,头面常一月十五日不洗,不大闷痒,不能沐也。每常小便而忍不起,令胞中略转乃起耳。"同时,他也是"卧喜晚起"之徒,而且"性复多虱,把搔无已"。他可以长期地不洗头、不洗脸、不洗澡,以致浑身生虱!和扪虱而谈的王猛都是一

---

[1] "懒"的异体字为"嬾"。——编者注

时名士。

白居易"经年不沐浴,尘垢满肌肤",还不是由于懒?苏东坡好像也够邋遢的,他有"老来百事懒,身垢犹念浴"之句,懒到身上蒙垢的时候才做沐浴之想。

女人似不至此,尚无因懒而昌言无隐引以自傲的。

主持中馈的一向是女人,缝衣捣砧的也一向是女人。"早起三光,晚起三慌"是从前流行的女性自励语,所谓三光、三慌是指头上、脸上、脚上。从前的女人,夙兴夜寐,没有不患睡眠不足的,上上下下都要伺候周到,还要揪着公鸡的尾巴就起来,来照顾她自己的"妇容"。头要梳,脸要洗,脚要裹。所以朝晖未上就花朵盛开的牵牛花,别称为"勤娘子",懒婆娘没有欣赏的份,大概她只能观赏昙花。

时到如今,情形当然不同,我们放眼观察,所谓前进的新女性,哪一个不是生龙活虎一般,主内兼主外,集家事与职业于一身?世上如果真有所谓懒婆娘,我想其数目不会多于好吃懒做的男子汉。北平从前有一个流行的儿歌:"头不梳,脸不洗,拿起尿盆儿就舀米"是夸张的讽刺。懒字从女,有一点冤枉。

凡是自安于懒的人，大抵有他或她的一套想法。可以推给别人做的事，何必自己做？可以拖到明天做的事，何必今天做？一推一拖，懒之能事尽矣。

自以为偶然偷懒，无伤大雅。而且世事多变，往往变则通，在推拖之际，情势起了变化，可能一些棘手的问题会自然解决。"不需计较苦劳心，万事原来有命！"好像有时候馅饼是会从天上掉下来似的。

这种打算只有一失，因为人生无常，如石火风灯，今天之后有明天，明天之后还有明天，可是谁也不知道自己还有没有明天。即使命不该绝，明天还有明天的事，事越积越多，越多越懒得去做。"虱多不痒，债多不愁"，那是自我解嘲！懒人做事，拖拖拉拉，到头来没有不丢三落四、狼狈慌张的。你懒，别人也懒，一推再推，推来推去，其结果只有误事。

懒不是不可医，但须下手早，而且须从小处着手。这事需劳做父母的帮一把手。

有一家三个孩子都贪睡懒觉，遇到假日还理直气壮地大睡，到时候母亲拿起晒衣服用的竹竿在三张小床上横扫，三个小把戏像鲤鱼打挺似的翻身而起。此后他们养成了早起的习惯，一直到大。

父亲房里有几份报纸，欢迎阅览，但是他有一个怪毛病，任谁看完报纸之后，必须折好叠好放还原处，否则他就大吼大叫。于是三个小把戏触类旁通，不但看完报纸立即还原，对于其他家中日用品也不敢随手乱放。小处不懒，大事也就容易勤快。

我自己是一个相当地懒的人，常走抵抗最小的路，虚掷不少的光阴。"架上非无书，眼慵不能看"（白香山句）。等到知道用功的时候，徒惊岁晚而已。

英国十八世纪的绥夫特，偕仆远行，路途泥泞，翌晨呼仆擦洗他的皮靴，仆有难色，他说："今天擦洗干净，明天还是要泥污。"绥夫特说："好，你今天不要吃早餐了。今天吃了，明天还是要吃。"

唐朝的高僧百丈禅师，以"一日不作，一日不食"自励，每天都要劳动做农事，至老不休。有一天他的弟子们看不过，故意把他的农具藏了起来，使他无法工作，他于是真个饿了自己一天没有进食。得道的方外的人都知道刻苦自律。

清代画家石溪和尚在他一幅《溪山无尽图》上题了这

样一段话，特别令人警惕：

大凡天地生人，宜清勤自持，不可懒惰。若当得个懒字，便是懒汉，终无用处……残衲住牛首山房，朝夕梵诵，稍余一刻，必登山选胜，一有所得，随笔作山水数幅或字一段，总之不放闲过。所谓静生动，动必作出一番事业。端教一个人立于天地间无愧。若忽忽不知，懒而不觉，何异草木？

一株小小的含羞草，尚且不是完全的"忽忽不知，懒而不觉"！若是人而不如小草，羞！羞！羞！

勤

恶劳好逸,人之常情。就因为这是人之常情,人才需要鞭策自己。

勤，劳也。无论劳心劳力，竭尽所能黾勉从事，就叫作勤。各行各业，凡是勤奋不怠者必定有所成就，出人头地。即使是出家的和尚，息迹岩穴，徜徉于山水之间，看破红尘，与世无争，他们也自有一番精进的功夫要做，于读经礼拜之外还要勤行善法不自放逸。且举两个实例：

一个是唐朝开元间的百丈怀海禅师，亲近马祖时得传心印，精勤不休。他制定了"百丈清规"，他自己笃实奉行，"一日不作，一日不食"。一面修行，一面劳作。"出坡"的时候，他躬先领导以为表率。他到了暮年仍然照常操作，弟子们于心不忍，偷偷地把他的农作工具藏匿起来。禅师找不到工具，那一天没有工作，但是那一天他也就真个没有吃东西。他的刻苦的精神感动了不少的人。

另一个是清初的以山水画著名的石谿和尚。请看他自题《溪山无尽图》：

大凡天地生人，宜清勤自持，不可懒惰。若当得个懒字，便是懒汉，终无用处……残衲住牛首山房，朝夕焚诵，稍余一刻，必登山选胜，一有所得，随笔作山水数幅或字一段，总之不放闲过。所谓静生动，动必作出一番事业。端教一个人立于天地间无愧。若忽忽不知，懒而不觉，何异草木？

人而不勤，无异草木，这句话沉痛极了。过饱食终日无所用心的生活，英文叫作 vegetate，义为过植物的生活。中外的想法不谋而合。

勤的反面是懒。早晨躺在床上睡懒觉，起得床来仍是懒洋洋的不事整洁，能拖到明天做的事今天不做，能推给别人做的事自己不做，不懂的事情不想懂，不会做的事不想学，无意把事情做得更好，无意把成果扩展得更多，耽好逸乐，四体不勤，念念不忘的是如何过周末如何度假期。这就是一个标准懒汉的写照。

恶劳好逸，人之常情。就因为这是人之常情，人才需要鞭策自己。勤能补拙，勤能损欲，这还是消极的说法，勤的积极意义是要人进德修业，不但不同于草木，也有异于禽兽，成为名副其实的万物之灵。

礼，除非是太不合理，
总是比没有礼好。

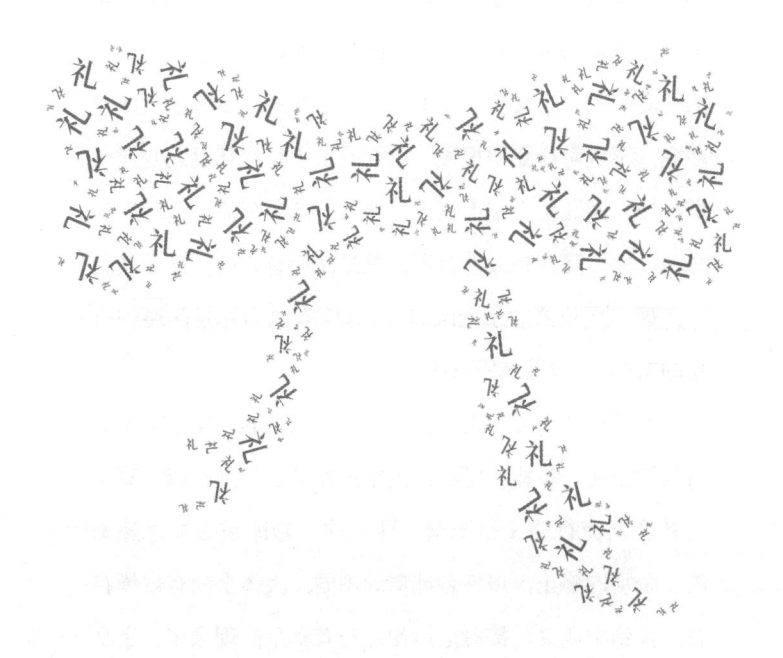

礼

礼不是一件可怕的东西，不会"吃人"。礼只是人的行为的规范。人人如果都自由行动，社会上的秩序必定要大乱，法律是维持秩序的一套方法，但是在法律的力量不及的地方，为了使人能更像一个人，使人的生活更像是人的生活，礼便应运而生。礼是一套法则，可能有官方制定的成分在内，亦可能有世代沿袭的成分在内，在基本精神上还是约定俗成的性质，行之既久，便成为大家公认共守的一套规则。一套礼法也不是一成不变的，事实上是随时在变，不过可能变得很慢，可能赶不上时代环境之变迁得那样快，因此至少在形式上可能有一部分变成不合时宜的东西。礼，除非是太不合理，总是比没有礼好。这道理有一点像"坏政府胜于无政府"。有些人以为礼是陈腐的有害的东西，这看法是不对的。

我们中国是礼仪之邦，一向是重礼法的。见于书本的古代的祭礼、丧礼、婚礼、士相见礼等，那是一套，事实上社会上流行的又是一套，现行的一套即是古礼之逐渐的、个别的修正，虽然各地情形不同，大体上尚有规模存在，等到中西文化接触之后便比较有紊乱的现象了。紊乱尽管紊乱，礼还是有的，制礼定乐之事也许不是当前急务，事实上吾人之生活中未曾一日无礼活动。问题是我们是否认真地、严肃地遵循着礼。孔门哲学以"克己复礼"为做人的大道理，意即为吾人行事应处处约束自己，使合于礼的规范。怎样才是非礼勿视、非礼勿言、非礼勿动，那是值得我们随时思考警惕的。

读书人应该知道礼，但是有些人偏不讲礼，即所谓名士。六朝时这种名士最多，《世说新语》载阮籍的一句话最有趣："礼岂为我辈设也？"好像礼是专为俗人而设。又载这样的一段：

> 阮步兵丧母，裴令公往吊之。阮方醉，散发坐床，箕踞不哭。裴至，下席于地，哭，吊喭毕便去。或问裴："凡吊，主人哭，客乃为礼。阮既不哭，君何为哭？"裴曰："阮方外之人，故不崇礼制；我辈俗中人，故以仪轨自居。"时人叹为两得其中。

没有阮籍之才的人，还是以仪轨自居为宜。像阮步兵之流，我们可以欣赏，不可以模仿。

中西礼节不同。大部分在基本原则上并无二致，小部分因各有传统亦不必强同。以中国人而用西方的礼，有时候觉得颇不合适，如必欲行西方之礼则应知其全部底蕴，不可徒效其皮毛，而乱加使用。例如，握手乃西方之礼，但后生小子在长辈面前不可首先遽然伸手，因为长幼尊卑之序终不可废，中西一理。再例如，祭祖先是我们家庭传统所不可或缺的礼，其间绝无迷信或偶像崇拜之可言，只是表示"慎终追远"的意思，亦合于我国所谓之孝道，虽然是西礼之所无，然义不可废。我个人觉得，凡是我国之传统，无论其具有何种意义，苟非荒谬残酷，均应不轻予废置。再例如，电话礼貌，在西方甚为重视，访客之礼、探病之礼，均有不成文之法则，吾人亦均应妥为仿行，不可忽视。

礼是形式，但形式背后有重大的意义。

见钱而不眼开，谈何容易。

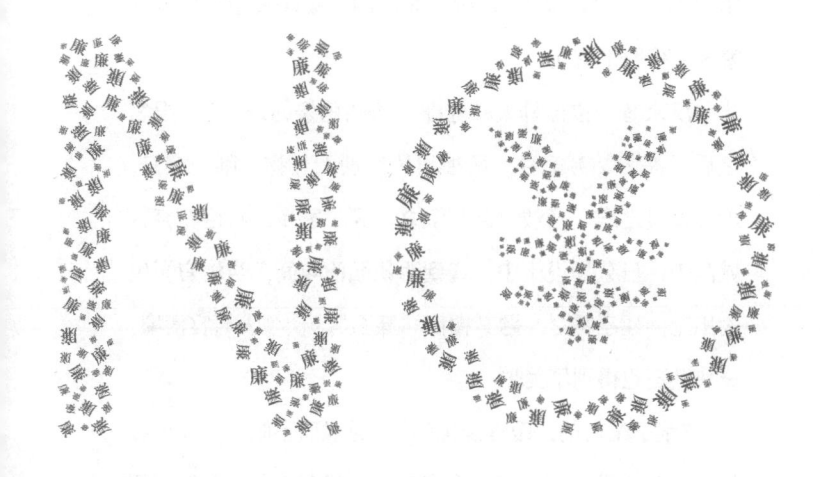

廉

贪污的事，古今中外滔滔皆是，不谈也罢。孟子所说穷不苟求的"廉士"才是难能可贵，谈起来令人齿颊留芬。

东汉杨震，暮夜有人馈送十斤黄金，送金的人说："暮夜无人知。"杨震说："天知、神知、我知、子知，何谓无知？"这句话万古流传，直到晚近许多姓杨的人家常榜门楣曰"四知堂杨"。清介廉洁的"关西夫子"使得他家族后代脸上有光。

汉末有一位郁林太守陆绩（唐陆龟蒙的远祖），罢官之后泛海归姑苏家乡，两袖清风，别无长物，唯一空舟，恐有覆舟之虞，乃载一巨石镇之。到了家乡，将巨石弃置城门外，日久埋没土中。直到明朝弘治年间，当地有司曳之出土，建亭覆之，题其楣曰"廉石"。一个人居官清廉，一块顽石也得到了美誉。

"银子是白的，眼珠是黑的"，见钱而不眼开，谈何容易。一时心里把握不定，手痒难熬，就有堕入贪墨的泥沼之可能，这时节最好有人能拉他一把。最能使人顽廉懦立的莫过于贤妻良母。《列女传》：田稷子相齐，受下吏货金百镒，献给母亲。母亲说："子为相三年矣，禄未尝多若此也……安所得此？"他只好承认是得之于下。母亲告诫他说:"吾闻士修身洁行,不为苟得……非义之事,不计于心,非理之利,不入于家……不义之财,非吾有也,不孝之子,非吾子也。"[1]这一番义正词严的训话把田稷子说得惭悚不已,急忙把金送还原主。按照我们现下的法律,如果是贿金,收受之后纵然送还,仍有受贿之嫌,纵然没有期约的情事,仍属有玷官箴。这种簠簋不修之事,当年是否构成罪状,固不得而知,从廉白之士看来总是秽行。我们注意的是田稷子的母亲真是识达大义,足以风世。为相三年,薪俸是有限的,焉有多金可以奉母?百镒不是小数,一镒就是二十四两,百镒就是二千四百两,一个人搬都搬不动,而田稷子的母亲不为所动。家有贤妻,则士能安贫守正,更是例不胜举,可怜的是那些室无莱妇的人,在外界的诱惑与阃内的要求两路夹击之下,就很容易失足了。

"取不伤廉"这句话易滋误解,"一介不取"才是最高理想。晋陶侃"少为寻阳县吏,尝监鱼梁,以一坩鲊遗母,湛氏封鲊及书,责侃曰:'尔为吏,以官物遗我,非

---

[1] 此部分并非全为《列女传》原文,部分内容为作者的归纳。——编者注

惟不能益吾，乃以增吾忧矣'"（《晋书·陶侃母湛氏传》）。掌管鱼梁的小吏，因职务上的方便，把腌鱼装了一小瓦罐送给母亲吃，可以说是孝养之意，但是湛氏不受，送还给他，附带着还训了他一顿。别看一罐腌鱼是小事，因小可以见大。

谢承《后汉书》："巴祇为扬州刺史，与客暗饮，不燃官烛。"私人宴客，不用公家的膏火，宁可暗饮，其饮宴之财，当然不会由公家报销了。因此我想起一件事：好久好久以前，丧乱中值某夫人于途，寒暄之余愀然告曰："恕我们现在不能邀饮，因为中外合作的机关凡有应酬均需自掏腰包。"我闻之悚然。

还有一段有关官烛的故事。宋周紫芝《竹坡诗话》："李京兆诸父中，有一人……极廉介，一日……有家问，即令灭官烛，取私烛阅书。阅毕，命秉官烛如初。"公私分明到了这个地步，好像有一些迂阔。但是，"彼岂乐于迂阔者哉"！

不要以为志行高洁的人都是属于古代，今之古人有时亦可复见。我有一位同学供职某部，兼理该部刊物编辑，有关编务必须使用的信纸信封及邮票等等放在一处，私人使用之信函邮票另置一处，公私绝对分开，虽邮票信笺之微，亦不含混，其立身行事砥砺廉隅有如是者！尝对我说，每获友人来书，率皆使公家信纸信封，心窃耻之，故虽细行不敢不勉。吾闻之肃然起敬。

俭

理想自理想，事实自事实，
侈靡之风亦不自今日始。

俭是我们中国的一项传统的美德。老子说他有三宝，其中之一就是"俭"，"俭故能广"。《易·否》："君子以俭德辟难。"《书·太甲上》："慎乃俭德，惟怀永图。"《墨子·辞过》："俭节则昌，淫逸则亡。"都是说俭才能使人有远大的前途、长久的打算、安稳的生活。占训昭然，不需辞费。读书人尤其喜欢以俭约自持，纵然显达，亦不欲稍涉骄溢。极端的例如正考父为上卿，馆粥以糊口，公孙宏位在三公，犹为布被，历史上都传为美谈。大概读书知礼之人，富在内心，应不以处境不同而改易其操守。佛家说法，七情六欲都要斩尽杀绝，俭更不成其为问题。所以，无论从哪一种伦理学说来看，俭都是极重要的一宗美德，所谓"俭，德之共也"就是这个意思。不过，理想自理想，事实自事实，侈靡之风亦不自今日始。一千年前的司马温公在他著名的《训俭示康》一文里，对于当时的风俗奢侈即已深致不满。"走卒类士服，农夫蹑丝履"，他认为是怪事。士大夫随俗而靡，他更认为可异。可见美德自美德，能实践的人大概不多。也许正因为风俗奢侈，所以这一项美德才有不时地标出的必要。

在西洋，情形好像是稍有不同。柏拉图的"共和国"，列举四大美德（Cardinal Virtues），而俭不在其内。后来罗马天主教会补列三大美德，俭亦不包括在内。当然基督教主张生活节约，这是众所熟知的。有人问 Thomas à Kempis（托马斯·厄·肯培）(《效法基督》的作者）："你是过来人，请问和平在什么地方？"他回答说："在贫穷，在退隐，在与上帝同在。"不过这只是为修道之士说法，其境界不是一般人所能企及的。西洋哲学的主要领域是它的形而上学部分，伦理学不是主要部分，这是和我们中国传统迥异其趣的。所以在西洋，俭的观念一向是很淡薄的。

西洋近代工业发达，人民生活水准亦因之而普遍提高。物质享受方面，以美国为最。美国是个年轻的国家，得天独厚，地大物博，人口稀少，秉承了欧洲近代文明的背景，而又特富开拓创造的精神，所以人民生活特别富饶，根本没有"饥荒心理"存在。美国人只要勤，并不要俭。有一分勤劳，即有一分收获；有一分收获，即有一分享受。美国的《独立宣言》明白道出其立国的目标之一是"追求幸福"，物质方面的享受当然是人生幸福中的一部分。"一箪食，一瓢饮"，在我们看是君子安贫乐道的表现，在美国人看是落伍的理想，至少是中古的禁欲派的行径。美国人不但要尽量享受，而且要尽量设法提前享受，分期付款制度的畅行，几乎使得人人经常地负上债务。

奢与俭本无明确界限，在某一时某一地并无亏于俭德之事，在另一时另一地即可构成奢侈行为。我们中国地大而物不博，人多而生产少，生活方式仍宜力持俭约。像美国人那样的生活方式，固可羡慕，但是不可立即模仿。英国讽刺文学家Swift（斯威夫特）说："砍掉双足，可以省去买鞋的麻烦。"我们盱衡国情，宁愿"削足适履"。现在国难方殷，我们处在戒严地区，上上下下更应该重视传统的俭德了。

能笑与不能笑，
是人与非人的一个分别。

笑

据一位生物学家说，笑是人类特有的一种技能，猿类也有时会笑，其他低能动物便很少能笑的了。所以约略来说，能笑与不能笑，是人与非人的一个分别。

有人观察的结果，从前现代的人渐渐不大肯笑了。当然，一个人在又凉又饿的时候，我们若勉强他笑，那个苦笑的脸，我们也不见得爱看。不过假使的确有可笑的事情或状态，放在眼前，一个身心健全的人自然会笑逐颜开，至少也不至于把脸部直着扯到八丈长。

不笑的人未必就是悲观者。真彻底的悲观者，他才会笑呢！他笑起来能够令人毛骨悚然！我们所希冀的是，人类的生活除了努力做一些可敬可爱、可歌可泣的大事业之外，稍微匀出一点空间，大家笑一笑，是很有益卫生的。至若可笑的事不能引人笑，甚或令人认真起来，那也无法，尽亦气数使然！

减少生气的次数便是修养的结果。 怒

一个人在发怒的时候，最难看，纵然他平素面似莲花，一旦怒而变青变白，甚至面色如土，再加上满脸的筋肉扭曲，眦裂发指，那副面目实在不仅是可憎而已。俗语说，"怒从心上起，恶向胆边生"，怒是心理的也是生理的一种变化。人逢不如意事，很少不勃然变色的。年少气盛，一言不合，怒气相加，但是许多年事已长的人，往往一样地火发暴躁。我有一位姻长，已到杖朝之年，并且半身瘫痪，每晨必阅报纸，戴上老花镜，打开报纸，不久就要把桌子拍得山响，吹胡瞪眼，破口大骂。报上的记载，他看不顺眼。不看不行，看了怄气。这时候大家躲他远远的，谁也不愿逢彼之怒。过一阵雨过天晴，他的怒气消了。

诗云："君子如怒，乱庶遄沮。君子如祉，乱庶遄已。"这是说有地位的人，赫然震怒，就可以收拨乱反正之效。一般人还是以少发脾气少惹麻烦为上。盛怒之下，体内血球不知道要伤损多少，血压不知道要升高几许，总之是不卫生。而且血气沸腾之际，理智不大清醒，言行容易逾分，于人于己都不相宜。希腊哲学家哀皮克蒂特斯说："计算一下你有多少天不曾生气。在从前，我每天生气；有时每隔一天生气一次；后来每隔三四天生气一次；如果你一连三十天没有生气，就应该向上帝献祭表示感谢。"减少生气的次数便是修养的结果。修养的方法，说起来好难。另一位同属于斯多亚派的哲学家罗马的玛可斯·奥瑞利阿斯这样说："你因为一个人的无耻而愤怒的时候，要这样地问你自己：'那个无耻的人能不在这世界存在吗？那是不可能的。不可能的事不必要求。'"坏人不是不需要制裁，只是我们不必愤怒。如果非愤怒不可，也要控制那愤怒，使发而中节。佛家把"嗔"列为三毒之一，"嗔心甚于猛火"，克服嗔恚是修持的基本功夫之一。《燕丹子》说："血勇之人，怒而面赤；脉勇之人，怒而面青；骨勇之人，怒而面白；神勇之人，怒而色不变。"我想那神勇是从苦行修炼中得来的。生而喜怒不形于色，那天赋实在太厚了。

清朝初叶有一位李绂，著《穆堂类稿》，内有一篇《无怒轩记》，他说："吾年逾四十，无涵养性情之学，无变化气质之功，因怒得过，旋悔旋犯，惧终于忿戾而已，因以'无怒'名轩。"是一篇好文章，而其戒谨恐惧之情溢于言表，不失读书人的本色。

无论是家庭、学校、餐厅、旅馆、衙门，最值得参观的是厕所。

脏

普天之下以哪一个民族为最脏，这个问题不是见闻不广的人所能回答的。约在半个世纪以前，蔡元培先生说："华人素以不洁闻于世界：体不常浴，衣不时浣，咯痰于地，拭涕于袖，道路不加洒扫，厕所任其熏蒸，饮用之水，不加渗漉，传染之病，不知隔离。"这样说来，脏的冠军我们华人实至名归、当之无愧。这些年来，此项冠军是否一直保持，是否业已拱手让人，则很难说。

蔡先生一面要我们以尚洁互相劝勉，一面又鳃鳃过虑生怕我们"因太洁而费时"，又怕我们因"太洁而使人难堪"。其实有洁癖的人在历史上并不多见，数来数去也不过南宋何佟之，元倪瓒，南齐王思远、庾炳之，宋米芾数人而已。而其中的米芾"不与人共巾器"，从现代眼光看来，好像也不算是"使人难堪"。所谓巾器，就是手巾、脸盆之类的东西，本来不好共用。从前戏园里有"手巾把儿"供应，热腾腾、香喷喷的手巾把儿从戏园的一角掷到另一角，也算是绝活之一。纵然有人认为这是一大享受，甚且认为这是国剧艺术中不可或缺的节目之一，我一看享受手巾把儿的朋友们之恶狠狠地使用它，从耳根脖后以至于绕弯抹角地擦到两腋生风而后已，我就不寒而栗，宁可步米元章的后尘而"使人难堪"。现代号称观光的车上也有冷冰冰、香喷喷的小方块毛巾敬客，也有人深通物尽其用的道理，抹脸揩头，细吹细打，最后可能擤上一摊鼻涕。若是让米元章看到，怕不当场昏厥！如果大家都多多少少地染上一点洁癖，"使人难堪"的该是那些邋遢鬼。

人的身体本来就脏，佛家所谓"不净观"，特别提醒我们人的"九孔"无一不是藏垢纳污之处，经常像臭沟似的渗泄秽流。真是一涉九想，欲念全消。我们又何必自己作践自己，特别做出一副腌臢相，长发披头，于思满面，招人恶心，而自鸣得意？也许有人要指出，"蓬首垢面而谈诗书"，贤者不免，"扪虱而言"，无愧名士，"头面常一月十五日不洗，不大闷痒，不能沐也"，也正是风流适意。诚然，这种古已有之的流风遗韵，一直到了晚近尚未断绝，在民初还有所谓什么大师之流，于将近耳顺之年，因为续弦，才接受对方条件而开始刷牙。在这些固有的榜样之外，若是再加上西洋的堕落时髦，这份不洁之名不但闻于世界，且将永垂青史。

无论是家庭、学校、餐厅、旅馆还是衙门，最值得参观的是厕所。古时厕所干净到什么地步，不得而知，我只知道豪富如石崇，厕所里侍列着丽服藻饰的婢女十余位，置甲煎粉、沉香汁之属。王敦府上厕所有漆箱盛干枣，用以塞鼻。这些设备好像都是消极的措施。恶臭熏蒸，羼上甲煎粉、沉香汁的香气，恐未必佳；至于鼻孔里塞干枣，只好张口呼吸，当亦于事无补。我们的文化虽然悠久，对于这一问题好像未曾措意，西学东渐之后才开始慢慢地想要"迎头赶上"。"全盘西化"是要不得的，所以洋式的卫生设备纵然安设在最高学府里，也不免要加以中式的处理——任其渍污、阻塞、泛滥、溃决。脏与教育程度有时没有关系，小学的厕所令人望而却步，上庠[1]的厕所也一样地不可向迩。衙门里也有人坐在马桶上把一口一口的浓痰唾到墙上，欣赏那像蜗牛爬过似的一条条亮晶晶的痕迹。看样子，公共的厕所都需要编制，设所长一人，属员若干，严加考绩，甚至卖票收费亦无不可。

离厕所近的是厨房。在家庭里大概都是建在边边沿沿不惹人注意的地方，地基较正房要低下半尺一尺的，屋顶多半是平台。我们的烹饪常用旺油爆炒，油烟熏渍，四壁

---

[1] 古代的大学。——编者注

当然黢黢无光。其中无数的蟋蟀、蚂蚁、蟑螂之类的小动物昼伏夜出，大量繁衍，与人和平共处，主客翕然。在有些餐厅里，为了空间经济，厨房、厕所干脆不大分开，大师傅汗淋淋地赤膊站在灶前掌勺，白案子上的师傅吊着烟卷在旁边揉面，墙角上就赫然列着大桶供客方便。多少人称赞中国的菜肴天下独步，如果他在餐前净手，看看厨房的那一份脏，他的胃口可能要差一点。有一位回国的观光客，他选择餐馆的重要标准之一是看那里的厨房脏到什么程度，其次才考虑那里有什么拿手菜。结果选来选去，时常还是回到自己的寓所吃家常饭。

菜市场才是脏的集大成的地方。杀鸡、宰鸭、剖鱼，全在这里举行，血迹模糊，污水四溅。青菜在臭水沟里已经涮洗过，犹恐失去新鲜，要不时地洒上清水，斤两上也可讨些便宜。死翘翘的鱼虾不能没有冰镇，冰化成水，水流在地。这地方，地窄人稠，阳光罕至，泥泞久不得干，脚踏车、摩托车横冲直撞没有人管，地上大小水坑星罗棋布，买菜的人没有不陷入泥淖的，没有人不溅一腿泥的。妙在鲍鱼之肆，久而不觉其臭，在这种地方天天打滚的人，久之亦不觉其苦：怕踩水，可以穿一双雨鞋；怕溅泥，可以罩一件外衣；嫌弄一手油，可以顺便把手在任何柱子、台子上抹两抹——不要紧的，大家都这样。有人倡议改善，想把洋人的超级市场翻版，当然这又是犯了一下子"全盘西化"的毛病，病在不合国情。吃如此这般的菜，就有如此这般的厨房，就有如此这般的菜市场，天造地设。

其实，脏一点无伤大雅，从来没有听说过哪一个国家因脏而亡。一个个的纵然衣冠齐整望之岸然，到处一尘不染，假使内心里不大干净，一肚皮男盗女娼，我看那也不妙。

鬼

谁说有鬼，谁就应该举证。

我不信有鬼，除非我亲眼看见鬼。

有人说他亲眼见过鬼，但是我不信他说的话。也许他以为他看见了鬼，其实那不是鬼，杯弓蛇影，一场误会。也许他是有意捏造故事，鬼话连篇，别有用心。

更多的人说，他自己虽然没有见过鬼，可是他有一位亲近而可信赖的人确实见过鬼，或是那亲近而可信赖的人他又有一位亲近而可信赖的人确实见过鬼，言之凿凿，不容怀疑。他不是姑妄言之，而我却是姑妄听之。我不信。

英国诗人雪莉[1]在牛津时作《论无神论的必然》，否认上帝之存在，被学校开除。他所举的理由我觉得有一项特别有理。他说，主张上帝存在的人，应该负起举证的责任，证明上帝存在，不应该让无神论者举证来证明上帝不存在。我觉得此一论点亦适用于鬼。谁说有鬼，谁就应该举证，而且必须是客观具体确实可靠的证据，转口传说都不算数。

王充《论衡》之《论死》《订鬼》诸篇，亟言"人死不为鬼"，"凡天地之间有鬼，非人死精神为之也，皆人

---

[1] 即雪莱。——编者注

思念存想之所致也"。王充是东汉人，距今约二千年，他所说的话虽然未能全免阴阳五行之说的习气，但在那个时代就能有那样的见识，实在难能可贵。他说："夫为鬼者，人谓死人之精神。如审鬼者，死人之精神，则人见之，宜徒见裸袒之形，无为见衣带被服也……"这话有理，若说人死为鬼，难道生时穿着的衣服也随同变为鬼?

我不信有鬼，但若深更半夜置身于一个阴森森的地方，纵无鬼影幢幢，鬼声啾啾，而四顾无人，我也会不寒而栗。这是因为从小听到不少鬼故事，先入为主，总觉得昏黑的地方可能有鬼物潜伏。小时候有一阵子，我们几个孩子每晚在睡前挤在父亲床前，听他讲一段《聊斋》的鬼狐故事。《聊斋》的笔墨本来就好，经父亲绘影绘声地一讲，直听得我们毛发倒竖。我知道那是瓜棚豆架野老闲聊，但是小小的心灵里，从此难以泯尽鬼物的可怕的阴影。

虽然我没有"雄者吾有利剑，雌者纳之"那样的豪情，我并不怕鬼。如果人死为鬼，我早晚也是一鬼，吾何畏彼哉?何况还有啖鬼的钟馗为人壮胆?我在清华读书的时候，有一次冬寒之夜偕二三同学信步踱出校门购买烤白薯，时月光如水，朔风砭骨，而我们兴致很高，不即返回宿舍，竟觅就近一所坟园，席地环坐，分食白薯。白杨萧萧，荒草没径，我们不禁为之愀然，食毕遂匆匆离去。然亦未见鬼。

在青岛大学，同事中有好事者喜欢扶乩，尝对我说李太白曾经降坛，还题了一首诗。他把那首诗读给我听，我就不禁失笑，因为不仅词句肤浅，而且平仄不调，那位诗鬼李太白大概是仿冒的。不过仿冒归仿冒，鬼总是鬼。能见到一位诗鬼题一首不够格的歪诗，也是奇缘，我就表示愿意前去一晤那位鬼诗人。他欣然同意，约定某日的一夜，那一天月明风清，我到了他住的第八宿舍，那地方相当荒僻，隔着一条马路便是一片乱葬岗。他取出沙盘，焚香默祷，我们两人扶着乩笔，俄而乩笔动了。一人扶着乩笔，难得平衡，乩笔触沙，焉有不动之理？可是画来画去，只见一团乱圈，没有文字可循。朋友说："诗仙很忙，怕是一时不得分身。现在我们且到马路那边的乱葬岗，去请一位闲鬼前来一叙。"我想也好，只要是鬼就行。我们走到一座墓前，他先焚一点纸钱，对于鬼也要表示一点小意思。然后他又念念有词，要我掀起我的长袍底摆，做兜鬼状，把鬼兜着走回宿舍。我们再扶乩，乩笔依然是鬼画符，看不出一个字。我说这位鬼大概不识字。朋友说有此可能，但是他坚持"诚则灵"的道理，他怪我不诚。我说我不是不诚，只是没有诚到盲信的地步。他有一点愠意，最后说出这样的一句："神鬼怕恶人。"鬼不肯来，也就罢了，我不承认我是恶人。我无法活见鬼而已。

我的舅父在金华的法院任职很久，出名地廉明方正，晚年茹素念佛，我相信他不诳语。有时候他公事忙，下班很晚，夜间步行回家，由一个工人打着灯笼带路。走着走着，工人趑趄不前，挤在舅父身边小声说："前面有鬼！"这时候路上还有别的行人。工人说："你看，那一位行人就要跌跤了，因为鬼正预备用绳索绊倒他。"话犹未了，前面那位行人"扑通"一声跌倒在地。舅父正色曰："不要理会，我们走我们的路。"工人要求他走在前面，自己打着灯笼紧随在后。二人昂然走过，亦竟无事。这样的事发生不止一次，舅父也觉得其事甚怪。我有疑问，工人有何异禀，独能见鬼，而别人不能见？鬼又何所为，做此促狭之事，而又差别待遇择人而施？我还是不信有鬼。

鬼究竟是什么样子？也许像《乌盆计》[1]或《活捉三郎》里的那个样子吧？也许更可怕，青面獠牙，相貌狰狞。哈姆雷特看见他父王的鬼，并不可怕，只是怒容满面，在舞台上演的时候那个鬼也只是戎装身上蒙一块白布什么的。人死为鬼，鬼的面貌与生时无殊。吊死鬼总是舌头伸得长长的，永远缩不回去。我不解的是：人是假借四大以为身，一死则四大皆空，面貌不复存在，鬼没有物质的身躯，何从保持其原有相貌？我想鬼还是在活人的心里。疑心生暗鬼。

---

[1] 即《乌盆记》。此处应为作者误记。——编者注

我觉得我们中国人最不适宜于住医院。 病

鲁迅曾幻想到吐半口血扶两个丫鬟到阶前看秋海棠，以为那是雅事。其实天下雅事尽多，唯有生病不能算雅。没有福分扶丫鬟看秋海棠的人，当然觉得那是可羡的，但是加上"吐半口血"这样一个条件，那可羡的情形也就不怎样可羡，似乎还不如独自一个硬硬朗朗到菜圃看一畦萝卜白菜。

　　最近看见有人写文章，女人怀孕写作"生理变态"，我觉得这人倒有点"心理变态"。病才是生理变态。病人的一张脸就够瞧的，有的黄得像讣闻纸，有的青得像新出土的古铜器，比髑髅多一张皮，比面具多几个眨眼。病是变态，由活人变成死人的一条必经之路。因为病是变态，所以病是丑的。西子捧心蹙颦，人以为美，我想这也是私人癖好，想想海上还有逐臭之夫，这也就不足为奇。

　　我由于一场病，在医院住了很久。我觉得我们中国人最不适宜于住医院。在不病的时候，每个人在家里都可以做土皇帝，佣仆不消说是用钱雇来的奴隶，妻子只是供膳宿的奴隶，父母是志愿的奴隶，平日养尊处优惯了，一旦他老人家欠安违和，抬进医院，恨不得把整个的家（连厨房在内）都搬进去！病人到了医院，就好像是到了自己的别墅似的，忽而买西瓜，忽而冲藕粉，忽而打洗脸水，忽而灌暖水壶。与其说医院家庭化，毋宁说医院旅馆化，最像旅馆的一点，便是人声嘈杂，四号病人快要咽气，这并不妨碍五号病房的客人的高谈阔论；六号病人刚吞下两包安眠药，这也不能阻止七号病房里扯着嗓子喊黄嫂。医院是生与死的决斗场，呻吟号咷以及欢呼叫嚣之声，当然都是人情之所不能已，圣人弗禁。所苦者是把医院当作养病之所的人。

但是有一次我对于我隔壁房所发的声音，是能加以原谅的。是夜半，是女人声音，先是摇铃随后是喊"小姐"，然后一声铃间一声喊，由原板到流水板，愈来愈促，愈来愈高，我想医院里的人除了住了太平间的之外大概谁都听到了，然而没有人送给她所要用的那件东西。呼声渐变成号声，情急渐变成哀恳，等到那件东西等因奉此地辗转送到时，已经过了时效，不复成为有用的了。

旧式讣闻喜用"寿终正寝"字样，不是没有道理的。在家里养病，除了病不容易治好之外，不会为病以外的事情着急。如果病重不治必须寿终，则寿终正寝是值得提出来傲人的一件事，表示死者死得舒服。

人在大病时，人生观都要改变。我在奄奄一息的时候，就感觉人生无常，对一切不免要多加一些宽恕，例如对于一个冒领米贴的人，平时绝不稍予假借，但在自己连打几次强心针之后，再看着那个人贸贸然来，也就不禁心软，认为他究竟也还可以算作一个圆颅方趾的人。鲁迅死前遗言"不饶恕人，也不求人饶恕"。那种态度当然也可备一格。不似鲁迅那般伟大的人，便在体力不济时和人类容易妥协。我僵卧了许多天之后，看着每个人都有人性，觉得这世界还是可留恋的。不过我在体温脉搏都快恢复正常时，故态复萌，眼睛里揉不进沙子了。

弱者才需要同情，同情要在人弱时施给，才能容易使人认识那份同情，一个人病得吃东西都需要喂的时候，如果有人来探视，那一点同情就像甘露滴在干土上一般，立刻被吸收了进去。病人会觉得人类当中彼此还有联系，人对人究竟比兽对人要温和得多。不过探视病人是一种艺术，和新闻记者的访问不同，和吊丧又不同。我最近一次病，病情相当曲折，叙述起来要半小时，如用欧化语体来说半小时还不够。而来看我的人是如此诚恳，问起我的病状便不能不详为报告，而讲述到三十次以上时，便感觉像一位老教授年年在讲台上开话匣片子那样单调而且惭愧。我的办法是,对于远路来的人我讲得要稍为扩大一些,而且要强调病的危险,为的是叫他感觉此行不虚,不使过于失望。对于邻近的朋友们则不免一切从简诸希矜宥!有些异常热心的人,如果不给我一点什么帮助,一定不肯走开,即使走开也一定不会愉快,我为使他愉快起见,口虽不渴也要请他倒过一杯水来,自己做"扶起娇无力"状。有些道貌岸然的朋友,看见我就要脱离苦海,不免悟出许多佛门大道理,脸上愈发严重,一言不发,愁眉苦脸,对于这朋友我将来特别要借重,因为我想他于探病之外还适于守尸。

这种病太讨厌了,既伤身体,又损盛德,苦痛艰难而为天下人笑! 疟

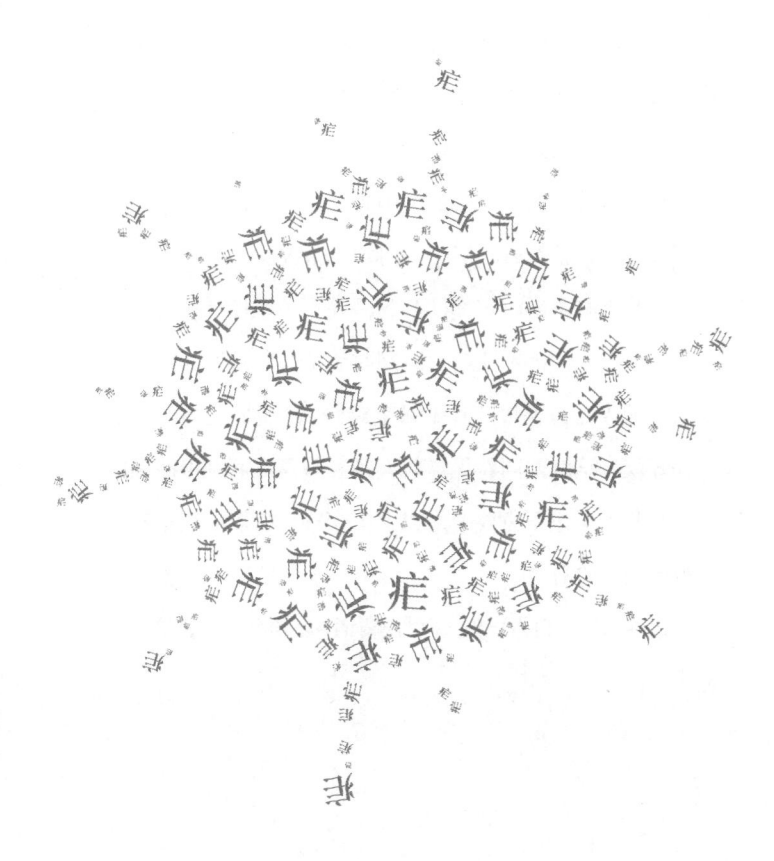

对于一个生病的人，我们总有几分同情，除非我们是专门以人家的痛苦为自己的利益的那种人。我们看见一个面黄肌瘦伏枕呻吟的人，我们绝不会再嘲弄他。唯独对于一个患疟的人，则往往不然。患疟者发寒时，牙齿相击有声，发热时，身盖大被不暖，时而红头涨脸，时而面色土白，终于是面皮焦黄，目眶深陷，耳朵枯卷，脑壳抽缩得像一根磬槌儿似的，一副憔悴狼狈之态，引得旁观的仕女窃窃失笑，其意若曰："看！看那个发疟的人！"

一般人并不是一定都硬心肠，并不一定那样缺乏同情心。一般人以为疟不致命，时间时歇地发作几回，把人弄得三分像人七分像鬼，几十颗金鸡腊霜[1]落肚之后，依然一条好汉。这就如同看见一般人踏着香蕉皮而跌得四脚朝天，有些行人也不免要报之以大笑一般。所以疟也常常成为被人嘲笑的资料。

这种情形，自古已然。《世说新语·言语篇》就有这样的记载：

---

1 即"金鸡纳霜"。——编者注

中朝有小儿，父病，行乞药。主人问病，曰："患疟也。"主人曰："尊侯明德君子，何以病疟？"答曰："来病君子，所以为疟耳。"

好像一染疟疾，就证明其非君子的样子。这种病太讨厌了，既伤身体，又损盛德，苦痛艰难而为天下人笑！

旧传疟有疟鬼，躯体甚小，善为人祟，所以治疗的方法往往也就很玄奥。《唐诗纪事》有这样的记载：

有病疟者，子美曰："吾诗可以疗之。"病者曰："云何？"曰："夜阑更秉烛，相对如梦寐。"其人诵之，疟犹是也。杜曰："更诵吾诗云：'子璋髑髅血模糊，手提掷还崔大夫。'"其人诵之，果愈。

其人是谁，固无可考。我们觉得奇怪的是，杜子美既有这样的灵药在握，而且是两副，一副比一副凶，何以他老人家万里投荒，辗转川巴，直嚷"三年犹疟疾"，"疟疠三秋孰可忍"，而不知道诵一遍他自己的诗？杜子美之"太瘦生"，我想大概就不是为了"作诗苦"，恐怕就是疟疾闹的。不过话说回来，杜诗疗疟，其事确有可征。清初有一位卢元昌先生，他自称：

乙巳秋，余遘疟甚，客告曰："世传杜少陵诗'子璋髑髅血模糊'句，诵之可止疟。"予怪之。继而稽诸集，乃少陵《戏作花卿歌》中句也。遂辍药杵，将全集从头潜咏之，未两卷，予忘乎疟，疟竟止。

这位卢先生真是健忘，读诗而把病都忘了。这种治疗法胜似药杵多多。查近人似乎也有应用此种精神治疗法的，临到将要发病之际，辄外出寻乐，据云并不甚验。

我们北地人从来不知疟为何物，儿时读《水浒》，读到武松患疟，蹲在房檐下烤火盆，宋江不留心一脚踢翻了炭盆，给武松吓出一身汗，病也好了，读到这一段总觉得怪好笑的，总以为这是小说里的事。如今天下不靖，丧乱之余，疟鬼也跟着人而远徙四方，像我住在北地的人而亦不免为疟鬼所苦了。病魔缠身，我将做些什么事才能把它忘记呢？

挤是一种民众运动,
没有贵贱老幼之别。

挤

我最怕到公众的地方去，因为我怕挤。买火车票的时候，那就是不想挤，别人也能把你挤进去。能把你挤得两脚离地一尺多高。买邮票的时候，会有十几只胳臂从你的头上、肩上、嘴巴、下腋、肘下伸过来。你下电车的时候，会常有愣头愣脑的人逆水行舟似的往里撞，撞了你的鼻尖他还怪你碍他的事。总之，有人的地方就要挤。挤是个人的自由，神圣不可侵犯的；被挤是中国国民的义务，不可幸免的。并且要挤大家挤，挤是一种民众运动，没有贵贱老幼之别。至于没有力量挤的人，根本就是老朽分子，不配生在革命的时代。

据到过帝国主义的国邦的人说，帝国主义者却不爱挤，他们买车票的时候，或其他人多杂乱的地方，往往自动地排成长列，先来者居首，后来者殿后，按序递进，鱼贯而行。他们的这种办法，还是没有我们的好，我们中国的办法有多么热闹，何等率真！如其我们要学他们的办法，也要从下一代学起，我们这辈的中年人，骨头都长成了，要改也改不了！

乘兴而来，兴尽即返，
这真是人生一乐。

客

"只有上帝和野兽才喜欢孤独"。上帝吾不得而知之，至于野兽，则据说，成群结党者多，真正孤独者少。我们凡人，如果身心健全，大概没有不好客的。以欢喜幽独著名的Thoreau（梭罗），他在树林里也给来客安排得舒舒贴贴。我常幻想着"风雨故人来"的境界，在风飒飒雨霏霏的时候，心情枯寂，百无聊赖，忽然有客款扉，把握言欢，莫逆于心。来客不必如何风雅，但至少第一不谈物价升降，第二不谈宦海浮沉，第三不劝我保险，第四不劝我信教，乘兴而来，兴尽即返，这真是人生一乐。但是我们为客所苦的时候也颇不少。

很少的人家有门房，更少的人家有拒人千里之外的阍者，门禁既不森严，来客当然无阻，所以私人居处，等于日夜开放。有时主人方在厕上，客人已经入室，回避不及，应接无术，主人鞠躬如也，客人呆若木鸡。有时主人方在用饭，而高轩贲止，便不能不效周公之"一饭三吐哺"，但是来客并无归心，只好等送客出门之后再补充些残羹剩饭。有时主人已经就枕，而不能不倒屣相迎。一天二十四小时之内，不知客人何时入侵，主动在客，防不胜防。

在西洋所谓客者是很稀罕的东西。因为他们办公有办公的地点，娱乐有娱乐的场所，住家专做住家之用。我们的风俗稍为不同一些。办公、打牌、吃茶、聊天都可以在人家的客厅里随时举行的。主人既不能在座位上遍置针毡，客人便常有如归之乐。从前官场习惯，有所谓端茶送客之说，主人觉得客人应该告退的时候，便举起盖碗请茶，那时节一位训练有素的豪仆在旁一眼瞥见，便大叫一声："送客！"另有人把门帘高高打起，客人除了告辞之外，别无他法。可惜这种经济时间的良好习俗，今已不复存在，而且这种办法也只限于官场，如果我在我的小小客厅之内端起茶碗，由荆妻稚子在旁嘤然一声"送客"，我想客人会要疑心我一家都发疯了。

客人久坐不去，驱襀至为不易。如果你枯坐不语，他也许发表长篇独白，像个垃圾口袋一样，一碰就泄出一大堆；也许一根一根的纸烟不断地吸着，静听挂钟滴答滴答地响。如果你暗示你有事要走，他也许表示愿意陪你一道走；如果你问他有无其他的事情见教，他也许干脆告诉你来此只为闲聊天；如果你表示正在为了什么事情忙，他会劝你多休息一下；如果你一遍一遍地给他斟茶，他也许就一碗一碗地喝下去而连声说："主人别客气。"乡间迷信，恶客盘踞不去时，家人可在门后置一扫帚，用针频频刺之，客人便会觉得有刺股之痛，坐立不安而去。此法有人曾经试验，据云无效。

"茶，泡茶，泡好茶；坐，请坐，请上坐。"出家人犹如此势利，在家人更可想而知。但是为了常遭客灾的主人设想，茶与座二者常常因客而异，盖亦有说。夙好牛饮之客，自不便奉以"水仙""云雾"，而精研《茶经》之士，又断不肯尝试那"高末""茶砖"。茶卤加开水，浑浑满满一大盅，上面泛着白沫如啤酒，或漂着油彩如汽油，这固然令人恶心，但是如果名茶一盏，而客人并不欣赏，轻哑一口，盅缘上并不留下芬芳，留之无用，弃之可惜，这也是非常讨厌之事。所以客人常被分为若干流品，有能启用平日主人自己舍不得饮用的好茶者，有能享受主人自己日常享受的中上茶者，有能大量取用茶卤冲开水者，飨以"玻璃"者是为未入流。至于座处，自以直入主人的书房绣闼者为上宾，因为屋内零星物件必定甚多，而主人略无防闲之意，于亲密之中尚含有若干敬意，做客至此，毫无遗憾；次焉者廊前檐下随处接见，所谓班荆道故，了无痕迹；最下者则肃入客厅，屋内只有桌椅板凳，别无长物，主人着长袍而出，寒暄就座，主客均客气之至；在厨房后门伫立而谈者是为未入流。我想此种差别待遇，是无可如何之事，我不相信孟尝门客三千而待遇平等。

人是永远不知足的。无客时嫌岑寂，有客时嫌烦嚣，客走后扫地抹桌又另有一番冷落空虚之感。问题的症结全在于客的素质。如果素质好，则未来时想他来，既来时想他不走，既走想他再来；如果素质不好，未来时怕他来，既来了怕他不走，既走怕他再来。虽说物以类聚，但不速之客甚难预防。"有约不来过夜半，闲敲棋子落灯花"，那种境界我觉得最足令人低回。

有人故意在同音语词中寻开心，找麻烦，"钟""终"即是一例。

钟

不知谁出的主意，重阳敬老。"礼多人不怪"，这也没有什么不好。照例，凡是年届耄耋的市民，市长具名致送一份礼物，算是敬老之具体表现。我已受过十几次这样的厚贶，包括茶杯、茶盘、盖碗、果盘、咖啡壶、饭碗、瓷寿桃、毛围巾之类。去年送的是时钟一具，礼物尚未出门，就先引起议论，有人"横挑鼻子竖挑眼"，说"钟""终"二字同音，不吉，何况是送给不久一定就要命终的老人？此言一出，为市长办事的人忙不迭地解释说，不是钟，是计时器。

这计时器终于送出来了，而我至今并未收到。起初还盼望，想看看什么叫作计时器。是沙漏，是水漏，还是什么别的新鲜玩意儿？一天天过去，就是不见这份礼物送上门来。我知道，市长有他的左右，下面有局长，局长下面有科长，科长下面有科员、办事员，以至于雇员，办事讲究分层负责，随便哪一层出一点纰漏，或是区公所的办事人，或是公寓管理员，出一点什么差池，这个计时器就可能送不到小民的手中。我当然不便追索。向谁追索？去年的礼物没收到，还有今年的呢。

我不忌讳钟。前些年我搬家，就有朋友送我一个很大的壁钟，钟面四周饰以金光闪耀的四射光芒，很像古代美洲印卡族[1]所崇拜的太阳偶像。这面钟挂在壁上，发挥很大的功能，不仅使得蓬荜生辉，还使得枉驾的客人不至忘归。这面钟没有给我送终，倒是六七年后，因空气潮湿而机器故障，我给钟送终了。

我们中国的方块字，同音的太多。高本汉[2]说："北京语实在是一种最可怜的方言，总共只有四百二十个音缀；普通的语词不下有四千个，这四千多个语词，统须支配于四百二十个音缀当中。同音语词的增进，使听受者受了极大的困难，于此也可以想见了。"同音语词好像并没有给我们带来什么极大的困难，倒是有人故意在同音语词中寻开心，找麻烦，"钟""终"即是一例。某省人好赌，忌讳"输"字，于是读书改称读"胜"。在某些地方，孩子若在麻将桌旁读书，被父母发现，会遭呵斥，认为那足影响牌桌上的输赢。读书是好事，但是谁愿意赌输？我在四川的雅舍门前有两株高大的梨树，结梨很少，而且酸涩，但

---

1 指印卡人，即"印加人"，是南美洲古代印第安人。——编者注
2 瑞典语言学家、汉学家。——编者注

是花开时节，一片缟素，蔚为壮观，我们从未想到"梨"与"离"同音不祥，事实上抗战胜利圆满还乡；如今回想"雨打梨花深闭门"的景象犹为之低徊不置。我回到北平之后，家里有两株梨树高过房檐，小白梨累累然高挂枝头，不幸家人误听谗言把两棵梨树连根砍去，但事实证明未能拯救我亲人离散的噩运！此地有一股歪风，许多人家喜欢挂"福"字的猩红斗方，而且把"福"字倒挂着，大概是仿效报纸上寻人启事之把"人"字倒写，都是利用"到""倒"二字同音，取个吉利。福字倒挂，福就真到了吗？我到过一个人家，家道富有，陈设辉煌，可是一进玄关，迎面就是一个特大号的倒挂着的"福"字。我为之一惊。没过多久，这位福人竟驾鹤而去了！袁世凯本人并不忌讳元宵，奴才起哄，改称为汤团，可是八十三天之后袁氏仍然消灭了。

钟是很可爱的一样东西，由西方传进中土之后，一般家庭无不设置一座，名之为自鸣钟。我小时候，上房有一座大钟，东西厢房各一座小些的钟表，都有玻璃罩，用大铜钥匙上弦，每隔一刻钟，"叮叮"地发出一串小声，每隔一小时，"当当"地发出几声大响，夜深人静的时候满院子有此起彼落的钟响。座钟高踞条案的中央,是房间里最触目的一件陈设。后来游三贝子花园,登畅观楼,看到满坑满谷的各式各样的自鸣钟,总有百十来具,都是洋鬼子进贡的,这才大开眼界。鹧鸪钟由一只小鸟按时跳出来"布谷布谷"地叫,叫完了又缩回去,觉得洋鬼子确有他们的一套奇淫技巧,洋鬼子给大皇帝贡方物,不避送终之嫌,大皇帝亦不以为忤,后来还聚拢起来供人参观。如今地方官致送计时器还有什么可批评的?遗憾的是我没得机会见识一番。

酒

虽然不一定要酒席下酒,至少也要一点花生米豆腐干之类。

外国人喝酒，往往是站在酒柜旁边一杯一杯地往嗓子眼儿里灌，灌醉了之后是摇摇晃晃地吵架打人，以至于和女人歪缠。中国人喝酒比较文明些，虽然不一定要酒席下酒，至少也要一点花生米、豆腐干之类。从喝酒的态度上来说，中国人无疑的是开化在先。

越是原始的民族，越不能抵抗酒的引诱。大家知道，美洲的红人，他们认为酒是很神秘的东西，他们不惜用最珍贵的东西（以至于土地）来换取白人的酒吃。莎士比亚所写的《暴风雨》一剧中，曾描写了一个半人半兽的怪物卡力班，他因为尝着了酒的滋味，以至于不惜做白人的奴隶，因为酒的确有令人神往的效力。文明多一点的民族，对于酒便能比较地有节制些。我们中国人吃酒之雍容优闲的态度，是几千年陶炼出来的结果。

一个人能吃多少酒，是不得勉强的，所以酒为"天禄"。不过喝酒的"量"和"胆"是两件事。有胆大于量的，也有量大于胆的。酒胆大的人不是不知道酒醉的苦处，是明知其苦而有不能不放胆大喝的理由在，那理由也许是脆弱得很，但是由他自己看必是严重得不得了。对于大胆喝酒的人我们应该寄予他们同情。假如一个人月下独酌，罄茅台一瓶，颓然而卧，这个人的心里不是平静的，我们可以断言。他或是忧时愤世，或是怀旧思乡，或是情场失意，或是身世飘零，总之，必有难言之隐。他放胆吞酒，是想借了酒而逃避现实，这种态度虽然值得我们同情，但是不值得鼓励。

所谓酒量，那是因人而异的，有的人吃一两块糟溜鱼片而即醺醺然，有的人喝上三两斤花雕而面不改色。不过真正大酒量，也不过是三四斤花雕或是一两瓶白兰地而已。常听见人说某人某人能吃多少酒，数量骇闻。这是靠不住的，这只能证明一件事，证明这个说话的人不会喝酒，只有不知酒味的人才会说张三能喝五斤白干，李四能喝两打啤酒。五斤白干，一下子喝下去，那也不是不可能，因为二两鸦片也曾有人一口吞下去。两打啤酒，一顿喝下去，其结果恐怕那个人嘴里要喷半天的白沫子罢。

酒喝过量，或哭或笑，或投江或上吊，或在床上翻筋斗，或关起门来打老婆，这都是私人的事，我们管不着。唯有在公共场所，如果想要维持自己原来有的那一点点的体面与身份，则不能不注意所谓"酒德"也者。有酒德的人，不管他的胆如何，量如何，他能不因酒而令人增加对他的讨厌。我们中国人无论什么都喜欢配上四色八色以至十色，现在谈起酒德，我也可以列举八项缺德：

一是三杯下肚，使酒骂座，自讨没趣，举座不欢；
二是粘牙倒齿，话似车轮，话既无聊，状尤可厌；
三是高声叫嚣，张牙舞爪，扰乱治安，震人耳鼓；
四是借酒撒疯，举动儇薄，丑态百出，启人轻视；
五是酒后失常，借端动武，胜固无荣，败尤可耻；
六是呕吐酒食，狼藉满地，需人服侍，令人掩鼻；
七是……

我想不起来了，就算是六项吧，哪一项都要不得。善饮酒的人是得酒趣，而不缺酒德。以上我说的是关于喝酒的话，至于酒本身，哪一种好，哪一种坏，那另有讲究，改日再续谈。

人生如博弈，全副精神去应付，
还未必能操胜算。

书

从前的人喜欢夸耀门第，纵不必家世贵显，至少也要是书香人家，才能算是相当的门望。书而曰"香"，盖亦有说。从前的书，所用纸张不外毛边、连史之类，加上松烟油墨，天长日久密不通风，自然生出一股气味，似沉檀非沉檀，更不是桂馥兰熏，并不沁人脾胃，亦不特别触鼻，无以名之，名之曰书香。书斋门窗紧闭，乍一进去，书香特别浓，以后也就不大觉得。现代的西装书，纸墨不同，好像有股煤油味，不好说是书香了。

不管香不香，开卷总是有益。所以世界上有那么多有书癖的人，读书种子是不会断绝的。买书就是一乐。旧日北平琉璃厂、隆福寺街的书肆最是诱人，你迈进门去向柜台上的伙计点点头便直趋后堂，掌柜的出门迎客，分宾主落座，慢慢地谈生意。不要小觑那位书贾，关于目录、版本之学他可能比你精。搜访图书的任务，他代你负担，只要他摸清楚了你的路数，一有所获，立刻专人把样函送到府上，合意留下翻看，不合意他拿走，和和气气。书价嘛，过节再说。在这样情形之下，一个读书人很难不染上"书淫"的毛病，等到四面卷轴盈满，连坐的地方都不容易匀让出来，那时候便可以顾盼自雄，酸溜溜地自叹：

"丈夫拥书万卷，何假南面百城？"现代我们买书比较方便，但是搜访的乐趣，搜访而偶有所获的快感，都相当地减少了。挤在书肆里浏览图书，本来应该是像牛吃嫩草，不慌不忙的，可是若有店伙眼睛紧盯着你，生怕你是一名雅贼，你也就不会怎样地从容，还是早些离开这是非之地好些。更有些书不裁毛边，干脆拒绝翻阅。

"郝隆七月七日，出日中仰卧。人问其故，曰：'我晒书。'"（见《世说新语》）郝先生满腹诗书，晒书和日光浴不妨同时举行。恐怕那时候的书在数量上也比较少，可以装进肚里去。司马温公也是很爱惜书的，他告诫儿子说："吾每岁以上伏及重阳间，视天气晴明日，即设几案于当日所，侧群书其上，以曝其脑。所以年月虽深，终不损动。"书脑即是书的装订之处，翻页之处则曰书口。司马温公看书也有考究，他说："至于启卷，必先视几案洁净，藉以茵褥，然后端坐看之。或欲行看，即承以方版，未尝敢空手捧之，非惟手污渍及，亦虑触动其脑。每至看竟一版，即侧右手大指面，衬其沿，随覆以次指面捻而夹过，故得不至揉熟其纸。每见汝辈多以指爪撮起，甚非吾意。"（见《宋稗类钞》）我们如今的图书不这样名贵，并且装订技术进步，不像宋朝的"蝴蝶装"那样娇嫩，但是读书人通常还是爱惜他的书，新书到手先裹上一个包皮，要晒，要揩，要保管。我也看见过名副其实的收藏家，爱书爱到根本不去读它的程度，中国书则锦函牙签，外国书则皮面金字，庋置柜橱，满室琳琅，真好像是嫏嬛福地，书变成了陈设、古董。

有人说："借书一痴，还书一痴。"有人分得更细："借书一痴，惜书二痴，索书三痴，还书四痴。"大概都是有感于书之有借无还。书也应该深藏若虚，不可慢藏诲盗。最可恼的是全书一套借去一本，久假不归，全书成了残本。明人谢肇淛编《五杂俎》，记载一位"虞参政藏书数万卷，贮之一楼，在池中央，小木为杓，夜则去之。榜其门曰：'楼不延客，书不借人。'"这倒是好办法，可惜一般人难得有此设备。

读书乐，所以有人一卷在手，往往废寝忘食。但是也有人一看见书就哈欠连连，以看书为最好的治疗失眠的方法。黄庭坚说："人不读书，则尘俗生其间，照镜则面目可憎，对人则语言无味。"这也要看所读的是些什么书。如果读的尽是一些猥屑的东西，其人如何能有书卷气之可言？宋真宗皇帝的《劝学文》，实在令人难以入耳："富家不用买良田，书中自有千钟粟。安居不用架高堂，书中自有黄金屋。出门莫恨无人随，书中车马多如簇。娶妻莫恨无良媒，书中自有颜如玉。男儿欲遂平生志，六经勤向窗前读。"不过是把书当作敲门砖以遂平生之志，勤读六经，考场求售而已。十载寒窗，其中只是苦，而且吃尽苦中苦，未必就能进入佳境。倒是英国十九世纪的罗斯金，在他的《芝麻与白百合》第一讲里，劝人读书尚友古人，那一番道理不失雅人深致。古圣先贤，成群的名世的作家，一年四季地排起队来立在书架上面等候你来点唤，呼之即来挥之即去；行吟泽畔的屈大夫，一邀就到；饭颗山头的李白、杜甫也会连袂而来；想看外国戏，环球剧院的拿手好戏都随时承接堂会；亚里士多德可以把他逍遥廊下的讲词对你重述一遍。这真是读书乐。

我们国内某一处的人最好赌博，所以讳言"书"，因为"书"与"输"同音，"读书"曰"读胜"。基于同一理由，许多地方的赌桌旁边忌人在身后读书。人生如博弈，全副精神去应付，还未必能操胜算。如果沾染书癖，势必呆头呆脑，变成书呆，这样的人在人生的战场之上怎能不大败亏输？所以我们要钻书窟，也还要从书窟钻出来。朱晦庵有句："书册埋头何日了，不如抛却去寻春。"是见道语，也是老实话。

写信如谈话，痛快人写信，大概总是开门见山。

信

早起最快意的一件事，莫过于在案上发现一大堆信——平、快、挂，七长八短的一大堆。明知其间未必有多少令人欢喜的资料，大概总是说穷诉苦琐屑累人的居多，常常令人终日寡欢，但是仍希望有一大堆信来。Marcus Aurelius（马可·奥勒留）曾经说："每天早晨离家时，我对我自己说：'我今天将要遇见一个傲慢的人，一个忘恩负义的人，一个说话太多的人。这些人之所以如此，乃是自然而且必要的，所以不要惊讶。'"我每天早晨拆阅来信，亦先具同样心理，不但不存奢望，而且预先料到我今天将要接到几封催命符式的讨债信，生活比我优裕而反来向我告贷的信，以及看了不能令人喜欢的喜柬，不能令人不喜欢的讣闻等。世界上是有此等人，此等事，所以我当然也要接得此等信，不必惊讶。最难堪的，是遥望绿衣人来，总是过门不入，那才是莫可名状的凄凉，仿佛有被人遗弃之感。

　　有一种人把自己的文字润格定得极高，颇有一字千金之概，轻易是不肯写信的。你写信给他，永远是石沉大海。假如忽然间朵云遥颁，而且多半是又挂又快，隔着信封摸上去，沉甸甸的，又厚又重——放心，里面第一页必是抄自尺牍大全,"自违雅教,时切遐思,比维起居清泰为颂为祷"这么一套,正文自第二页开始,末尾于顿首之后,必定还要标明"鹄候回音"四个大字,外加三个密圈,此外必不可少的是另附恭楷履历硬卡一张。这种信也有用处,至少可以令我们知道此人依然健在,此种信不可不复,复时以"……俟有机缘,定当驰告"这么一套为最得体。

另一种人,好以纸笔代喉舌,不惜工本,写信较勤。刊物的编者大抵是以写信为其主要职务之一,所以不在话下。因误会而恋爱的情人们,见面时眼睛都要迸出火星,一旦隔离,焉能不情急智生,烦邮差来传书递简?Herrick(赫里克)有句云:"嘴唇只有在不能接吻时才肯歌唱。"同样地,情人们只有在不能喁喁私语时才要写信。情书是一种紧急救济,所以亦不在话下。我所说的爱写信的人,是指家人朋友之间聚散匆匆,睽违之后,有所见,有所闻,有所忆,有所感,不愿独秘,愿人分享,则乘兴奋笔,借通情愫。写信者并无所求,受信者但觉情谊霭如,趣味盎然,不禁色起神往。在这种心情之下,朋友的信可作为宋元人的小简读,家书亦不妨当作社会新闻看。

看信之乐，莫过于此。

写信如谈话，痛快人写信，大概总是开门见山。若是开门见雾，模模糊糊，不知所云，则其人谈话亦必是丈八罗汉，令人摸不着头脑。我又尝接得另外一种信，突如其来，内容是讲学论道，洋洋洒洒，作者虽未要我代为保存，我则觉得责任太大，万一庋藏不慎，岂不就要湮没名文。老实讲，我是有收藏信件的癖好的，但亦略有抉择：多年老友，误入仕途，使有书记代笔者，不收；讨论人生观一类大题目者，不收；正文自第二页开始者，不收；用钢笔写在宣纸上，有如在吸墨纸上写字者，不收；横写在左边写起者，不收；有加新式标点之必要者，不收；没有加新标点之可能者，亦不收；恭楷者，不收；潦草者，亦不收；作者未归道山，即可公开发表者，不收；作者已归道山，而仍不可公开发表者，亦不收！……因为有这样许多限制，所以收藏不富。

信里面的称呼最足以见人情世态。有一位业教授的朋友告诉我，他常接到许多信件，开端如果是"夫子大人函丈"或"××老师钧鉴"，写信者必定是刚刚毕业或失业的学生，甚而至于并不是同时同院系的学生，其内容泰半是请求提携的意思。如果机缘凑巧，真个提携了他，以后他来信时便改称"××先生"了。若是机缘再凑巧，再加上铨叙合格，连米贴、房贴算在一起足够两个教授的薪水，他写起信来便干干脆脆地称兄道弟了！我的朋友言下不胜唏嘘，其实是他所见不广。师生关系，原属雇佣性质，焉能不受阶级升黜的影响？

书信写作西人尝称之为"最温柔的艺术"，其亲切仅次于日记。我国尺牍，尤多精粹之作。但居今之世，心头萦绕者尽是米价涨落问题，一袋袋的邮件之中要拣出几篇雅丽可诵的文章来，谈何容易！

谜

民间的谜,还谈不到文字游戏,只是最简单的思想上的游戏。

"谜"字不见经传，始见于六朝，即"迷"之俗字，亦即古之"隐语"。谜这个东西，当然发生很早，远在"谜"这个字出现之前。然而亦不会太早，因为这究竟是一种文字游戏，一定是文明有相当发展时才能生出来的。谜最兴盛的时候，即是八股文最兴盛的时候，因为谜与八股都是文字游戏，并且习八股者熟读四书五经，除蓄意要"代圣人立言"之外，间有机智之士，截取经文，创制为谜，颠之倒之，工益求工，遂多巧妙之作。谜之取材，大半出于四书五经，正因四书五经为制谜者与猜谜者所共同熟诵之书，并且以"圣贤之书"供游戏之用，格外显得滑稽。所以，谜在八股文盛行的时候发达起来，成为艺苑支流，文人余事。古谜率皆平浅朴拙，"黄绢幼妇"之类已经算是难得的佳话了，因古人无此闲情逸致，纵有闲情逸致，亦另有出路，不必在四书五经之内寻章摘句、探赜钩深，唯有八股文人，才愿在文字上镂心雕肝地卖弄聪明。所以我每次欣赏一个佳谜，总觉得谜的背后隐着一个面黄肌瘦、强作笑容的八股书生。我想，科举已废，猜谜一道将要式微了吧？

以上是说文人之谜。民间也有谜。乡间男女，目不识丁，而瓜棚豆架，没有不懂猜谜之乐的。他们的谜，固然浅陋可嗤，然而在粗率的人看来，已经是很费心机的了。民间的谜，还谈不到文字游戏，只是最简单的思想上的游戏。一般小孩子都欢喜猜谜，小学教科书以及儿童读物里也有采用谜的。大概猜谜的游戏除了供文人消遣之外，还可以给一般的没有多少知识的人（乡民与孩提）以很大的愉乐吧？民间的谜与儿童的谜往往采用韵语的形式，也正因为韵语乃平民与儿童所最乐于接受的。

在英国文学史里，谜也有它的地位，但是一个不重要的地位。在八世纪初，有一位诗人名奇尼乌尔夫（Cynewulf）[1]，据说他作过九十五首谜诗，保存在那著名的古英文学宝库之一 Exeter Book（《埃克塞特诗集》）里面。这些谜之所以成为古英文学的一部分，是因为古英文学根本不很丰富，所以用现代眼光来看没有什么文学价值的东西，在古英文学的堆里便显着相当精彩了。这些谜，若是近代人作的，恐怕没有人肯加以一顾，只因为它古，所以我们觉得它难得可贵。我现在试译一首于下，以见一斑。

---

[1] 即基涅武甫。——编者注

蠹虫

虫子吃字！

我觉得是件怪事——

一只虫子能吞人的言语，

黑暗中偷去有力的词句，

强者的思想；

而这鬼东西吃了文字却也不见得就更伶俐！

这已经是比较有趣的一首了，我们却不能不认为是很浅陋的（对于这个题目感兴趣的人，请看 A.T.Wyaff 编 *Old English Riddles*，Boston，1912）。古英文的时代过去了以后，谜就不再能在文学史里占一席地了。谜不见得是没有人作，至少文学家是不干这套把戏了。英国的文学家不是不作文字游戏，他们也常常在文字上弄出一些小巧的玩意，例如巢塞的 ABC 诗，以及十七世纪诗人创制的什么"塔形诗""柱形诗"之类都是。然而这不是谜。文学家不再感觉谜有什么趣味，所以不再作谜；即使作谜，文学史家也决不在文学史里给谜留任何位置。

在外国的民间，谜是流行的。十几年来盛行的 Cross

Word Puzzle（纵横字谜）也即是谜。外国儿童读物里也有许多的谜。谜能给一般民众与儿童以愉快，无问中外，是完全一样的。

不过撇开民间流行的谜和儿童读物里的谜不谈，单说谜与文人的关系，我们不能不承认，中外的情形相差很远。外国的谜（例如我上面所译的一个），虽然是文人作的，在性质上也和民间的儿童的谜没有多大分别，都是属于"状物"一类，其谜面是一段形容，其谜底是一件事物。中国的文人的谜，则真正地是文字游戏，谜面是一句文字，谜底还是一句文字。因此，中国文人的谜，比外国的深奥、曲折、工巧。

从一方面看，中国文人之风雅是外人所不及的，虽是游戏也在文字范围之内，不似外国文人以驰马、摇船等等粗野的事为消遣。但从另一方面看，我们却感觉到中国旧式文人的生活之干枯单调，使得他们以剩余的精力消耗在文字游戏上面。中国文人最善于"舞文弄墨"，最善作钩心斗角文章，作八股文、作策论是他们的职业，作谜猜谜也是他们的余兴，一贯的是在文字上翻花样。后天获得的习性是否遗传，我们不敢说，不过在文字上翻花样的习惯，确像是已变成为中国文人的天性了。

文学中类似谜的"譬喻法""双关语""象征主义"之类，都不是本文所欲谈的，故不及。

        四月十七日

聋子没有标志,两只耳朵好好的,
不像是什么零件出了毛病的人。

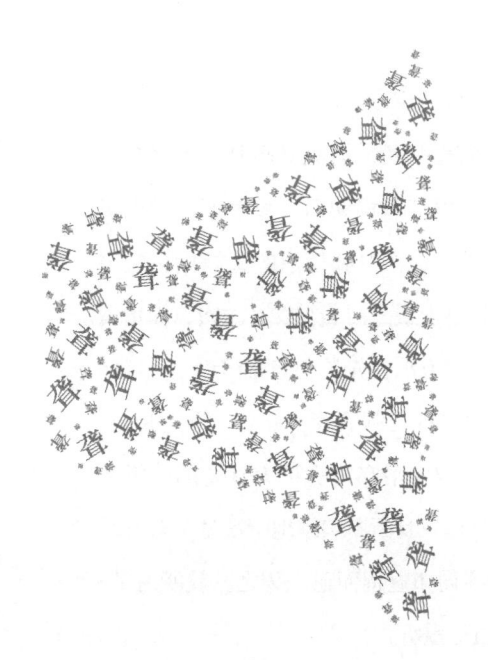

聋

/

近来和朋友们晤谈,觉得有几位说话的声音越来越小,好像是随时要和我谈论什么机密大事,唧唧哝哝,生怕隔墙有耳。我不喜欢听扯着公鸡嗓、破锣嗓、哗啦哗啦叫的人说话,他们使我紧张。抚节悲歌的时候,不妨声振林木,响遏行云,普通谈话应以使对方听到为度。可是朋友们若是经常和我吱喳地私语,只见其嗫嚅,不闻其声响,尤其是说到一句话里的名词动词一律把调门特别压低,我也着急。很奇怪,这样对我谈话的人渐渐多起来了。我心想,怪不得相书上说,声若洪钟,主贵;而贵人本是不多见的。我应付的方法首先是把座席移近,近到促膝的地步,然后是把并非橡皮制的脖子伸长,揪起耳朵,欹耳而听,最后是举起双手附在耳后扩大耳轮的收听效果。饶是这样,我有时还只是断断续续地听清楚了对方所说的一些连接词、形容词和冠词而已。久之,我明白了,不是别人噤口,是我自己重听。

耳顺之年早过,当然不能再"耳闻其言,而知其微旨"。聋聩毋宁说是人生到此的正常现象之一。《淮南子》说"禹耳三漏",那是天下之大圣,聪明睿智,一个耳朵才能有三个穴,我们凡夫俗子修得人身,已比聋虫略胜一筹,不敢希望再有什么畸形发展。霜降以后,一棵树的叶子由黄而红,由枯萎而摇落,我们不以为异。为什么血肉之躯几十年风吹雨打之后,刚刚有一点老态龙钟,就要大惊小怪?世界上没有万年常青的树,蒲柳之姿望秋先落,也不过是在时间上有迟早先后之别而已。所以我发现自己日益聋蔽,夷然处之。我知道古往今来,有多少好人在和我做伴。贝多芬二十七岁起就在听觉上有了障碍,患中耳炎,然后愈来愈严重,到了四十九岁完全聋了,人家对他谈话只能以纸笔代喉舌,可是聋没有妨碍他作曲。杜工部五十六岁作《耳聋》诗:"眼复几时暗,耳从前月聋。"好像"猿鸣秋泪缺,雀噪晚愁空"皆叨耳聋之赐,独恨眼尚未暗!一定要耳不聪目不明才算满意!可是此后三数年他的诗作仍然不少。

耳聋当然有不便处。独坐斋中,有人按铃,我听不见,用拳头擂门,我还是听不见,急得那人翻墙跳了进来。我道歉一番耸耸肩做鹭鸶笑。有时候和人晤言一室之内，你道东来我道西，驴唇不对马嘴，所答非所问，持续很久才能弄清话题，幽默者莞尔而笑，性急者就要顿足太息，我也觉得窘。闹市中穿道路，需要眼观四路耳听八方，要提防市虎和呼啸而来的骑摩托车的拼命三郎，耳不聪目不明的人都容易吃亏，好在我早已为我自己画地为牢，某一条路以西，某一条路以北，那一带我视为禁区。

聋子也有因祸得福的时候。凡是不愿或不便回答的问题一概可以不动声色地置之不理，顾盼自若，面部无表情，大模大样地做大人物状，没有人疑到你是装聋。他一再地叮问，你一再地充耳不闻，事情往往不了了之。人世间的声音太多了，虫啾、蛙鸣、蝉噪、鸟啭、风吹落叶、雨打芭蕉，这一切自然的声音都是可以容忍的，唯独从人的喉咙里发出来的音波和人手操作的机械发出来的声响，往往令人不耐。在最需要安静的时候，时常有一架特大的飞机稀里哗啦地从头上飞过，或是芳邻牌局初散在门口呼车道别，再不就是汽车司机狂按喇叭代替按门铃，对于这一切我近来就不大抱怨，因为"五音令人耳聋"，我听不大见。耳聋之益尚不止此。世上说坏话的人多，说好话的人少，至少好话常留在人死后再说。白居易香炉峰下草堂初成，高吟"从兹耳界应清净，免见啾啾毁誉声"。如果他耳聋，他自然耳根清净无须诛茅到高峰之上了。有人说，人到最后关头，官感失灵，最后才是听觉，所以易箦之际，有人哭他，他心烦，没有人哭他，怕也不是滋味，不如干脆耳聋。

《时代》周刊（1970年8月10日，页44）有这样一段：

"我的听觉越来越坏"，贝多芬在1801年写道，"一位庸医为我的耳朵处方是多饮茶。"自从他于1827年逝世以后，许多学者推测其死因可能是血液循环不佳，梅毒，或伤寒症。科罗拉多大学医药中心的两位医生，斯提芬斯与海门威在 A.M.A. Journal（《美国医学会会刊》）上说，事实并非如此。他的聋乃是耳蜗硬化所致，现今用外科手术即可矫正。患此病症，中耳内之骨质生长过多，妨碍了振动之变成为神经冲动，于是无法把振动变成为声音。

贝多芬最初发觉对于高音调丧失听觉，是在二十七岁那一年。这样年轻的时候不可能有血液循环的病，也不可能有晚期梅毒的损伤。伤寒比较可信。不检视这位谱曲家的颞骨，谁也无法确定。1863年和1888年，他的脑壳两度接受检查，那些颞骨却不见了。显然的是最初解剖时即已取去。斯提芬斯与海门威下结论说："也许在维也纳的一个被人遗忘了的地窖里，有一只装满甲醛液的瓶子，里面藏着答案。"

2

我写过一篇《聋》。近日聋且益甚。英语形容一个聋子，"聋得像是一根木头柱子""像是一条蛇""像是一扇门""像是一只甲虫""像是一只白猫"。我尚未聋得像一根木头柱子或一扇门那样。蛇是聋的，我听说过，弄蛇者吹起笛子就能引蛇出洞，使之昂首而舞，不是蛇能听，是它能感到音波的振动。甲虫是否也聋，我不大清楚。我知道白猫是绝对不聋的。我们家的白猫王子，岂但不聋，主人回家时房门钥匙转动作响，它就会竖起耳朵窜到门前来迎。我喊它一声，它若非故意装聋，便立刻回答我一声，我虽然听不见它的答声，我看得见它，因作答而肚皮微微起伏。猫不聋,猫若是聋,它怎能捉老鼠,它叫春做啥?

我虽然没有全聋,可是也聋得可以。我对于铃声特别地难于听得入耳。普通的闹钟,响起来如蚊鸣,焉能唤醒梦中人。菁清给我的一只闹钟,铃声特大,足可以振聋发聩,我把它放在枕边,说也奇怪,自从有了这个闹钟,我还不曾被它闹醒过一次。因为我心里记挂着它,总是在铃响半小时之前先已醒来,急忙把闹钟关掉。我的心里有一具闹钟。里外两具闹钟,所以我一向放心大胆睡觉,不虞失时。

门铃就不同了。我家门铃不是普通一按就嗞嗞响的那种,也不是像八音盒似的那样叮叮当当地奏乐,而是一按就啾啾啾啾如鸟鸣。自从我家的那只画眉鸟死了之后,我久矣夫不闻爽朗的鸟鸣。如今门铃啾啾叫,我根本听不见。客人猛按铃,无人应,往往废然去。如果来客是事前约好的,我就老早在近门处恭候,打开大门,还有一层纱门,隔着纱门看到人影憧憧,便去开门迎客。"老聃之弟子,有亢仓子者,得聃之道,能以耳视而目听。"(《列子·仲尼》)耳视我办不到,目听则庶几近之。客人按铃,我听不见铃响,但是我看见有人按铃了。

电话对我又是一个难题。电话铃没有特大号的，而且打电话来的朋友大半都性急，铃响三五声没人应，他就挂断，好像人人都该随时守着电话机听他说话似的。凡是电话来，未必有好消息，也未必有什么对我有利之事。但是朋友往还，何必曰利？有人在不愿接电话的时间内，拔掉插头，铃就根本不会响。我狠不下这份心。无可奈何，我装上几个分机，书桌上、枕边、饭桌旁、客厅里。尽管如此，有时还是听不到铃响，俟听到时对方不耐烦而挂断了。

有一位好心的读者写信来说："先生不必为聋而烦恼，现在有一种新的办法，门铃或电话机上都可以装置一盏红色电灯泡，铃响同时灯亮。"我十分感谢这位读者对我的关怀。这也是以目代耳的办法，我准备采纳。不过较根本的解决办法，是大家体恤我的耳聋，不妨常演王徽之雪夜访戴的故事，而我亦绝不介意门可罗雀的景况之出现。需要一通情愫的时候，假纸笔代喉舌，写个三行五行的短笺，岂不甚妙？我最向往六朝人的短札，寥寥数语，意味无穷。

朋友们时常安慰我说："耳聋焉知非福？首先，这年头噪声太多，轰隆轰隆的飞机响，呼啸而过的汽车机车声，吹吹打打的丧车行列，噼噼啪啪的鞭炮，街头巷尾装扩音器大吼的小贩，舍前舍后成群结队的儿童锐声尖叫……这些噪声不听也罢，落得耳根清净。"话是不错，不过我尚无这么大的福分，尚未到泰山崩于前而不动声色的地步，种种噪声还是多多少少使我心烦。饶是我聋，我还向往古人帽子上簪笄两端悬着两块充耳琇莹，多少可以挡住一点噪声。

"'人嘴两张皮'，最好飞短流长，造谣生事，某某畸恋，某某婚变，某某逃亡，某某犯案，凡是报纸上的社会新闻都会说得如数家珍。这样长舌的人到处都有，令人听了心烦，你听不见也就罢了，你没有多少损失。至少有人骂你，挖苦你，讽刺你，你充耳不闻，当然也就不会计较，也就不会耿耿于怀，省却许多烦恼。"别人议论我，我是听不见，可是我知道他在议论我，因为他斜着眼睛睨视我的那副神气不能使我没有感觉。而且我知道他所议论的话，大概是谑而不虐，无伤大雅的，因为他议论风生的时候嘴角常是挂着一丝微笑，不可能含有多少恶意。何况这年头，难得有人肯当面骂人，凡是恶言恶语多半是躲在你背后说，所以，聋固然听不见人骂，不聋，也听不见。

有人劝我学习唇读法，看人的嘴唇怎样动就可以知道他说的是什么话，假如学会了唇读，我想也有麻烦，恐怕需要整天地睁一眼闭一眼，否则凡是嘴唇动的人你都会以目代耳，岂不烦死人？耳根刚得清净，眼根又不得安宁了。"吉人之辞寡，躁人之辞多。"难得遇到吉人，不如索性安于聋聩。

安于聋聩亦非易事。因为大家习惯了把我当作一个耳聪的人，并且不习惯于和一个聋子相处。看人嘴唇动，我可不敢唯唯否否，因为何时宜唯唯，何时宜否否，其间大有讲究。我曾经一律以点头称是来应付，结果闹出很尴尬的场面。我发现最好的应付方法是面部无表情，做白痴状。瞎子常戴黑眼镜，走路时以手杖探地，人人知道他是瞎子，都会躲着他，聋子没有标志，两只耳朵好好的，不像是什么零件出了毛病的人。还有热心人士会附在我耳边窃窃私语，其实吱吱喳喳的耳语我更听不见，只觉得一口口的唾沫星子喷在我的脸上，而且只好听其自干。

胖子大部分脾气好,
这其间并无因果关系。

胖

1

罗马的恺撒大帝,看见那面如削瓜的卡西乌斯,偷偷摸摸的,神头鬼脸的,逡巡而去,便太息说:"我愿在我面前盘旋的都是些胖子,头发梳得光光的,到夜晚睡得着觉的人。那个卡西乌斯有削瘦而恶狠的样子,他心眼儿太多了:这种人是危险的。"这是文学上有名的对于胖子的歌颂。和胖子在一起,好像是安全,软和和的,碰一下也不要紧;和瘦子在一起便有不同的感觉,看那瘦骨嶙峋的样子,好像是磕碰不得,如果碰上去,硬碰硬,彼此都不好受。恺撒大帝的性命与事业,到头来败于卡西乌斯之手,这几句话倒好像是有先见之明。

胖子大部分脾气好,这其间并无因果关系。胖子之所以胖,一定是吃得饱睡得着之故。胖子一定好吃,不好吃如何能"催肥"?胖子从来没有在床上辗转反侧的,纵然意欲胡思乱想也没有时间,头一着枕便鼾声大作了。所谓"心广体胖",应该说,心广则万事不挂心头,则吃得饱,则睡得着,则体胖,同时脾气好。

胖子也有心眼窄的。我就认识一位胖子，很胖的胖子，人皆以"胖子"呼之。他虽不正式承认，但有时一呼即应，显然是默认的。"胖子"的称呼并不是侮辱的性质，多少带有一点亲热欢喜微加一点调侃的意味。我们对盲者不好称之为瞎子，对跛者不好称之为"瘸子"，对瘦者亦不好称之为"排骨"，唯独对胖子，则不妨直截了当地称之为胖子，普通的胖子均不以为忤。有一天我和我的很胖的胖子朋友说："你的照片有商业价值，可以做广告用。"他说："给什么东西做广告呢？"我说："婴儿自己药片[1]。"他怫然色变，从此很少理我。

年事渐长的人，工作日繁而运动愈少，于是身体上便开始囤积脂肪，而腹部自然地要渐渐呈锅形，腰带上的针孔便要嫌其不敷用。终日鼓腹而游，才一走动便气咻咻。然对于这样的人我渐渐地抱有同情了。一个人随身永远携带着一二十斤板油，负担当然不小，天热时要融化，天冷时怕凝冻，实在很苦。若遇到饥荒的年头，当然是瘦子先饿死，胖子身上的脂肪可以发挥驼峰的作用慢慢地消受。

---

1 指婴孩自己药片，一种药的名字。此处应为作者误记。——编者注

不过正常的人也未必就有这种饥荒心理。

胖瘦与妍媸有关,尤其是女人们一到中年便要发福,最需要加以调理。或用饿饭法,尽量少吃,或用压缩法,用钢条橡皮制成的腰箍,加以坚韧的绳子细细地绷捆,仿佛做素火腿的方法,硬把浮膘压紧,有人满地打滚,翻筋斗,竖蜻蜓,虾米弯腰,鲤鱼打挺,企求减削一点体重。男人们比较放肆一些,传统的看法还以为胖不是毛病。《世说新语》记载的王羲之坦腹东床的故事,虽未说明王逸少的腹围尺码,我想凡是值得一坦的肚子大概不会太小,总不会是稀松干瘪的。

听说南部有报纸副刊记载我买皮带系腰的故事,颇劳一些友人以此见询。在台湾买皮带确是相当困难。我在原有皮带长度不敷应用的时候,想再买一根颇不易得,不知道是否由于这地方太阳晒得太凶,体内水分挥发太快,本地的胖子似乎比较少见。我尚不够跻于胖子之林,但因为我向不会作诗,"饭颗山头逢杜甫"的情形是绝不会有的,而且周伯仁"清虚日来,滓秽日去"的功夫也还没有做到,所以竟为一根皮带而感到困惑,倒是确有其事。不过情势尚不能算为恶劣。像孚尔斯塔夫那样,自从青春以后就没有看见过自己的脚趾,一跌倒就需要起重机,我一向是引为鉴戒的。

2

第三十二期《宇宙风》有《文学作家中的胖子》一文,署名为上官碧,其中有一段是说我的:

有人在某种刊物上说:北大教授梁实秋先生像个"老板";以为教书神气像,划拳神气更像。穿的衣服本来和别人用的材料差不多,到他身上好像就光亮不同,说的话本来和别人是同一问题,到他口上好像就意义不同。这种描写当然不大确实。梁先生原籍虽是浙江,其实北京人的成分倒比较重。饮酒食肉的洪量不必说,只看看他译莎士比亚就可以知道。北方人照例是爽直而坦白的,梁先生译莎士比亚戏剧用的就是这种可爱态度。因为剧本是韵文,不易译,译来又不易懂,梁先生就爽直坦白地用普通语体文译它。此外论诗也仿佛是一个北京人,"明白易懂"是他认为理想的好诗。

这一段话不管说得对不对,总是因为我胖,所以才被人编排在"文学作家中的胖子"之列,虽然我知道我压根儿就不是"文学作家"。一个文学作家,第一得"作",第二得成"家",我是不够这资格的,这个称呼该给更适当的人。至于"胖子",则胖瘦之间原无明显的界限,似乎鲁迅先生在论"第三种人"时说过这话:一个人非胖即瘦,非瘦即胖,处在之间的人也是或近于胖或近于瘦。这样说来,我被列入胖子一类也是无可分辩的。不过若说我译莎士比亚用散文,并且以"明白易懂"为"理想的好诗",都是因为我有较重的"北京人的成分",这点道理可有点奥妙,可怜我是北京人,我不大懂了。用散文译莎士比亚,在这个世界上,我不是第一个人。法文里有散文译本,德文里也有散文译本。坪内逍遥的译本我没有见过,是不是散文我不知道。北京人成分不重的田汉先生,他译的莎士比亚也是散文的。用散文译莎士比亚是否合适,是一个可以讨论的问题,但是与我的籍贯似乎不见得有什么关系。至于说我以"明白易懂"为"理想的好诗",则我真真不服，我从来没说过这样的话，我就是再胖些也不会说出这样的话。

胖是一种病，瘦也是一种病，所以最好还是不胖不瘦地做一个鲁迅先生所认为不存在的"第三种人"。假如做"第三种人"是不可能，那么也是以近于瘦比近于胖要好得多。何以呢？近于胖，则俗；近于瘦，则雅。一个文人，一个作家，总宜于瘦，一胖起来就觉得不称，就大可以加以检举引为谈料。李白有诗嘲杜甫："饭颗山头逢杜甫，顶戴笠子日卓午。借问别来太瘦生，总为从前作诗苦。"李白大概是近于胖，所以才这样说。黄山谷《和文潜》诗："张侯哦诗松韵寒，六月火云蒸肉山。"这是拿胖人取笑的。传统的正规的文人相，是应该清癯纤瘦弱不胜衣的。《世说新语》："瘐公造周伯仁，伯仁曰：'君何所欣说而忽肥？'瘐曰：'君复何所忧惨而忽瘦？'伯仁曰：'吾无所忧，直是清虚，日来滓秽日去耳。'""心广体胖"还算是很客气的说法，若不客气地说，就是滓秽壅积，就是俗。

有些人，我们希望他是个瘦子，见了面他偏偏是个胖子，这时候我们心里不免就要泛起一种又惊异又失望的情绪，觉得是煞风景，扫兴！富贵中人应该是丰颐广颡了，然而也不尽然，在历史上司马温公便是著名地枯瘦，做"老板"的也大有面如削瓜的。这虽然是例外，然而也就证明了一件事，人之胖瘦，往往不由自主地惹看者扫兴憾望，这实在是大大的遗憾。即以想象中的人物而论，就说我用散文译的那个莎士比亚版本，他的作品中的人物如孚尔斯塔夫是个胖子，这是大家都满意的，不胖怎能显得是痴蠢？但是哈姆雷特就应该是近于清癯一类才对劲，然而呢，莎士比亚却把他写成一个胖子，他斗剑的时候，他的母亲不是说他太爱喘爱出汗吗？说起来也巧，莎士比亚的伙伴，扮演哈姆雷特的白贝芝也是个胖子。有人说，就因为这位演员胖，所以哈姆雷特才被写成为胖。这也许是，然而多么不合于我们的想象呀！

从健康上着想，胖是应该设法疗治的。"饮酒食肉"是致胖的原因之一，但素食戒酒也不一定就是特效的治疗法。若为了欲求免俗而设法去胖，我以为是大可不必的。俗而胖，与俗而瘦，二者之间若要我选一个，我宁愿俗而胖，不愿俗而瘦，因为反正都是俗，与其外表风雅而内心俗陋，还不如内外如一地俗！

鼾声扰人，究竟不是好事。

鼾

我初到南京教书那一年，先是被安置在一间宿舍里，可巧一位朋友也是应聘自北平来，遂暂与我同居一室。夜晚就寝，这位相貌清癯、仪态潇洒的朋友，头刚沾枕，立刻响起鼾声；不是普通呼噜呼噜的鼾声，他调门高，作金石声，有铜锤花脸或是秦腔的韵味，而且在十响八响的高亢的鼾声之后，还猛然带一个逆腔的回钩。这下子他把自己惊醒了，可是他哼哼唧唧地蠕动了几下，又开始奏起他的独特的音乐。我不知所措，彻夜无眠。

过两天这位朋友搬走了，又来了一位心广体胖、脂腴特丰的朋友，他在南京有家，看见我室有空床，决意要和我联床夜话。他块头大、气势足，鼾声轰隆轰隆，不同凡响。凡事应慎之于始，我立即拿起一只多余的绣花枕头，对准他的床上掷去，他徐徐地开言道："你是嫌我鼾声太大吗？"原来他尚未睡熟，只是小试啼声，预演的性质。我毫无办法，听他演奏通宵达旦。

我本来没有打鼾的习惯，等到中年发福，又常以把盏为乐，"三日不饮酒，觉形神不复相亲"，于是三日一小饮，五日一大醉，隗然卧倒，鼾声如雷。我初不自知，当然亦不肯承认，可是家人指控历历如绘，甚至于形容我的呼声之高，硬说我一呼一吸之际，屋门也应声一翕一张。小女淘气，复于我鼾声大作之时，录声为证。无法抵赖，只得承招。但是我还要试为自己解脱，引证先贤亦复尔尔，不足为病，未可厚非。黄山谷题苏东坡书后有云："东坡居士性喜酒，然不能四五龠，已烂醉，不辞谢而就卧，鼻鼾如雷。"可见贤者不免，吾又何尤？

鼾声扰人，究竟不是好事。记得有人发明过一种"止鼾器"。睡时纳入口中，好像就能控制口腔内某一部分的筋肉使之不能颤动，自然就不会发出鼾声。我没见过这种伟大的发明，也不知道有什么情愿一试的人做过实验。这种东西没有流行到市面上来，很快地就匿迹销声，不是证明其为无效，是证明人对于鼾的厌恶尚未深刻到甘心情愿以异物纳入口腔的程度。

如果不是在人卧榻之侧制造噪声，扰人清睡，打鼾似乎没有多大害处。有些医学家可不这样想。报载：

【合众国际社密歇根安那柏一九七六年十一月十九日电】一位研究睡眠失常的专家指出，鼾声太大可能对健康有害；情况严重的，甚至会使你的心脏停止跳动。史丹福大学[1]睡眠失常门诊中心主任狄蒙博士在密歇根大学的内科医师会议上指出，有打鼾毛病的人几乎无法真正睡一晚好眠。

他说，鼾声大的人，每一千位成年男人中，平均有一人。当他睡着时心脏有停止跳动的危险……当他们的喉头上部与口腔组织过度松弛时，就切断了通向肺部的空气……这些睡眠者因此必须挣扎喘气，以吸取空气至肺内。严重时，此种循环一晚可能发生四百次，其中包括心跳不规则。这意味一个人在一年内有一千万次他的心跳可能停止的机会。我们猜测发生此种情形的次数，远较医学界所知者为多，因为此种病人醒着时没有心脏病的困扰，而且死后验尸也看不出此种症状……

我们常听说到的所谓无疾而终，一睡不起，或是溘然坐化，也许其中一部分就是因为有严重的打鼾习惯。我不确知谁是因鼾停止呼吸而猝然物化，不过打鼾的朋

---

[1] 即斯坦福大学。——编者注

友们确是常有鼾声正酣之际陡然停止出声的情事。在这种情形中,醒着的人都为他担心,生怕他一时喘不过气来而发生意外。通常他是休止几秒钟便又惊醒过来的。陈抟高卧,动辄百余日不起,不知他最后是否于鼾眠中尸解。

若说鼾声悦耳,怕谁也不信。但也有例外,要看鼾声发自何人。我从前有一位朋友卜居青岛汇泉,推开屋门即见平坦广大的海滩,再望过去就是辽阔无垠的海洋,月明风清之夜,潮汐涨退之声可闻,景物幽绝。遥想当年英国诗人阿诺德在多汶海峡[1]听惊涛拍岸时所引发的感触,此情此景大概仿佛。我的朋友却不以为然,他说夜晚听无穷无尽的波涛撞击的音响,单调得令人心烦,海潮音实在听不入耳。天籁都不能令他动心,还有什么音响能令他欣赏呢?他正言相告:"要想听人世间最美妙的音乐,莫过于夜阑人静,微闻妻室儿女从榻上传来的停匀的一波一波的鼾声,那时节我真个领略到'上帝在天,世上一片宁谧安详'的意境。"

---

[1] 今天称之为"多佛尔海峡"。——编者注

好几年前,《读者文摘》有一篇说鼾的小文。于分析描述打鼾的种种之后,篇末画龙点睛地补上一笔:"鼾声是不是讨人厌,问寡妇。"

多少身心的疲惫都在一阵"装死"之中涤除净尽。

睡

我们每天睡眠八小时，便占去一天的三分之一，一生之中三分之一的时间于"一枕黑甜"之中度过，睡不能不算是人生一件大事。可是人在筋骨疲劳之后，眼皮一垂，枕中自有乾坤，其事乃如食色一般自然，好像是不需措意。

豪杰之士有"闻午夜荒鸡起舞"者，说起来令人神往，但是五代时之陈希夷，居然隐于睡，据说"小则亘月，大则几年，方一觉"，没有人疑其为有睡病，而且传为美谈。这样的大量睡眠，非常人之所能。我们的传统的看法，大抵是不鼓励人多睡觉。昼寝的人早已被孔老夫子斥为不可造就，使得我们居住在亚热带的人午后小憩（西班牙人所谓Siesta）时内心不免惭愧。后汉时有一位边孝先，也是为了睡觉受他的弟子们的嘲笑，"边孝先，腹便便，懒读书，但欲眠"。佛说在家戒法，特别指出"贪睡眠乐"为"精进波罗蜜"之一障。大盖倒头便睡，等着太阳晒屁股，其事甚易，而掀起被衾，跳出软暖，至少在肉体上做"顶天立地"状，其事较难。

其实睡眠还是需要适量。我看倒是睡眠不足为害较大。"睡眠是自然的第二道菜"，亦即最丰盛的主菜之谓。

多少身心的疲惫都在一阵"装死"之中涤除净尽。车祸的发生时常因为驾车的人在打瞌睡。衙门机构一些人员之一张铁青的脸，傲气凌人，也往往是由于睡眠不足，头昏脑涨，一肚皮的怨气无处发泄，如何能在脸上绽出人类所特有的笑容？至于在高位者，他们的睡眠更为重要，一夜失眠，不知要造成多少纰漏。

睡眠是自然的安排，而我们往往不能享受。以"天知神知我知子知"闻名的杨震，我想他睡觉没有困难，至少不会失眠，因为他光明磊落。心有恐惧，心有挂碍，心有忮求，倒下去只好辗转反侧，人尚未死而已先不能瞑目。《庄子》所谓"至人无梦"[1]，《楞严经》所谓"梦想销灭，寤寐恒一"，都是说心里本来平安，睡时也自然踏实。劳苦分子，生活简单，日入而息，日出而作，不容易失眠。听说有许多治疗失眠的偏方，或教人计算数目字，或教人想象中描绘人体轮廓，其用意无非是要人收敛他的颠倒妄想，忘怀一切，但不知有多少实效，愈失眠愈焦急，愈焦急愈失眠，恶性循环，只好瞪着大眼睛，不觉东方之

---

1 《庄子》原文为："至人无己，神人无功，圣人无名。"——编者注

既白。

睡眠不能无床。古人席地而坐卧，我由"榻榻米"体验之，觉得不是滋味。后来北方的土炕、砖炕，即较胜一筹。近代之床，实为一大进步。床宜大，不宜小。今之所谓双人床，阔不过四五尺，仅足供单人翻覆，还说什么"被底鸳鸯"？

莎士比亚《第十二夜》提到一张大床，英国Ware（威尔）地方某旅舍有大床，七尺六寸高，十尺九寸长，十尺九寸阔，雕刻甚工，可睡十二人云。尺寸足够大了，但是睡上一打，其去沙丁鱼也几希，并不令人羡慕。讲到规模，还是要推我们上国的衣冠文物。我家在北平即藏有一旧床，杭州制，竹篾为绷，宽九尺余，深六尺余，床架高八尺，三面隔扇，下面左右床柜，俨然一间小屋，最可人处是床里横放架板一条，图书，盖碗，桌灯，四干四鲜，均可陈列其上，助我枕上之功。洋人的弹簧床，睡上去如落在棉花堆里，冬日犹可，夏日燠不可当，而且洋人的那种铺被的方法，将身体放在两层被单之间，把毯子裹在床垫之上，一翻身肩膀透风，一伸腿脚趾戳被，并不舒服。佛家的八戒，其中之一是"不坐高广大床"，和我的理想正好相反，我至今还想念我老家里的那张高广大床。

睡觉的姿态人各不同，亦无长久保持"睡如弓"的姿态之可能与必要。王右军那样的东床坦腹，不失为潇洒。即使佝偻着，如死蚯蚓，匍匐着，如癞蛤蟆，也不干谁的事。北方有些地方的人士，无论严寒酷暑，入睡时必脱得一丝不挂，在被窝之内实行天体运劲，亦无伤风化。唯有鼾声雷鸣，最使不得。宋张端义《贵耳集》载一条奇闻："刘垂范往寇，其徒以睡告。刘坐寝外，闻鼻鼾之声，雄美可听，曰：'寇先生睡有乐，乃华胥调。'"所谓"华胥调"见陈希夷故事，据《仙佛奇踪》，陈抟居华山时："一日，有客过访，适值其睡。旁有一异人，听其息声，以墨笔记之……客怪而问之，其人曰：'此先生华胥调、混沌谱也。'"华胥氏之国不曾游过，华胥调当然亦无欣赏，若以鼾声而论，我所能辨识出来的谱调顶多是近于"爵士新声"，其中可能真有一"雄美可听"者。不过睡还是以不奏乐为宜。

睡也可以是一种逃避现实的手段。在这个世界活得不耐烦而又不肯自行退休的人，大可以掉头而去，高枕而眠，或竟曲肱而枕，眼前一黑，看不惯的事和看不入眼的人都可以暂时撇在一边，像鸵鸟一般，眼不见为净。明陈继儒《珍珠船》记载着："徐光溥为相，喜论事，大为李旻等所嫉，光溥后不言，每聚议，但假寐而已，时号睡相。"一个做到首相地位的人，开会不说话，一味假寐，真是懂得明哲保身之道，比危行言逊还要更进一步。这种功夫现代似乎尚未失传。

成年以后，我过的是梦想颠倒的生活，白天梦做不少，夜梦却没有什么可说的。梦

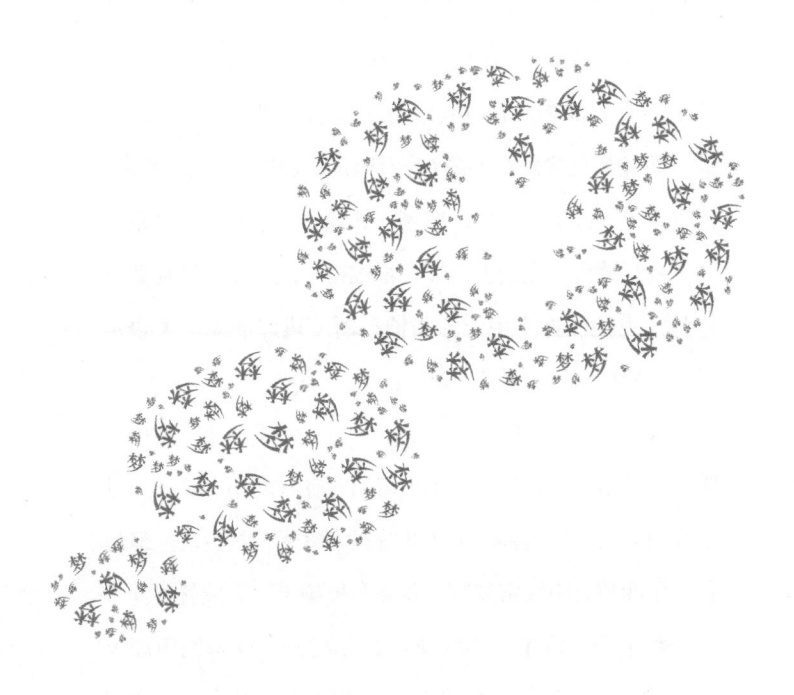

《庄子·大宗师》："古之真人，其寝不梦。"注："其寝不梦，神定也，所谓至人无梦是也。"做到至人的地步是很不容易的，要物我两忘，"嗒然若丧其耦"才行。偶然接连若干天都是一夜无梦，浑浑噩噩地睡到大天光，这种事情是常有的，但是长久地不做梦，谁也办不到。有时候想梦见一个人，或是想梦做一件事，或是想梦到一个地方，拼命地想，热烈地想，刻骨镂心地想，偏偏想不到，偏偏不肯入梦来。有时候没有想过的，根本不曾起过念头，而且是荒谬绝伦的事情，竟会窜入梦中，突如其来，挥之不去，好惊、好怕、好窘、好羞。至于我们所企求的梦，或是值得一做的梦，那是很难得一遇的事，即使偶有好梦，也往往被不相干的事情打断，矍然而觉。大致讲来，好梦难成，而噩梦连连。

我小时候常做的一种梦是下大雪。北国冬寒，雪虐风饕原是常事，哪儿有一年不下雪的？在我幼小心灵中，对于雪没有太大的震撼，顶多在院里堆雪人、打雪仗。但是我一年四季之中经常梦雪，差不多每隔一二十天就要梦一次。对于我，雪不是"战退玉龙三百万，败鳞残甲满天飞"（张承吉句），我没有那种狂想，也没有白居易"可怜今夜鹅毛雪，引得高情鹤氅人"那样的雅兴，更没有柳宗元"独钓寒江雪"的那份幽独的感受。雪只是大片大片的六出雪花，似有声似无声地、没头没脑地从天空筛将下来。如果这一场大雪把地面上的一切不平都匀称地遮覆起来，大地成为白茫茫的一片，像韩昌黎所谓"坳中初盖底，垤处遂成堆"，或是相传某公所谓的"黄狗身上白，白狗身上肿"，我一觉醒来便觉得心旷神怡，整天高兴。若是一场风雪有气无力，只下了薄薄一层，地面上的枯枝败叶依然暴露，房顶上的瓦垄也遮盖不住，我登时就会觉得哽结，醒后头痛欲裂，终朝寡欢。这样的梦我一直做到十四五岁才告停止。

紧接着常做的是另一种梦，梦到飞。不是像一朵孤云似的飞，也不是像抟扶摇而上者九万里的大鹏，更不是徐志摩在《想飞》一文中所说的"飞上天空去浮着，看地球这弹丸在太空里滚着，从陆地看到海，从海再看回陆地，凌空去看一个明白"，我没有这样规模的豪想。我梦飞，是脚踏实地地两腿一弯，向上一纵，就离了地面，起先是一尺来高，渐渐上升一丈开外，两脚轻轻摆动，就毫不费力地越过了影壁，从一个小院窜到另一个小院，左旋右转，夷犹如意。这样的梦，我经常做，像潘彼得[1]"那个永远长不大的孩子"，说飞就飞，来去自如。醒来之后，就觉得浑身通泰。若是在梦里两腿一踹，竟飞不起来，身像铅一般重，那么醒来就非常沮丧，一天不痛快。这样的梦做到十八九岁就不再有了。大概是潘彼得已经长大，而我像是雪莱《西风颂》所说的："落在人生的荆棘上了！"

成年以后，我过的是梦想颠倒的生活，白天梦做不少，夜梦却没有什么可说的。江淹少时梦人授以五色笔，由是文藻日新。王珣梦大笔如椽，果然成大手笔。李白少时梦笔头生花，自是天才赡逸，这都是奇迹。说来惭愧，我有过一支小小的可以旋转笔芯的四色铅笔，我也有过一幅朋友画赠的《梦笔生花图》，但是都无补于我的文思。

我的亲人、我的朋友送给我的各式各样的大小精粗的笔，不计其数，就是没有梦见过五色笔，也没有梦见过笔头生花。至于黄帝之梦游华胥、孔子之梦见周公、庄子之梦为蝴蝶、陶侃之梦见天门，不消说，对我更是无缘了。

---

[1] 即彼得·潘。——编者注

我常有噩梦，不是出门迷失，找不着归途，到处"鬼打墙"，就是内急找不到方便之处，即使找得了地方也难得立足之地，再不就是和恶人打斗而四肢无力，结果大概都是大叫一声而觉。像黄粱梦，南柯一梦……那样的丰富经验，纵然是梦不也是很快意吗？

梦本是幻觉，迷离惝恍，与过去的意识或者有关，与未来的现实应是无涉，但是自古以来就把梦当兆头。晋皇甫谧《帝王世纪》说，皇帝做了两个大梦，一个是"大风吹天下之尘垢皆去"，一个是"人执千钧之弩，驱羊万群"，于是他用江湖上拆字的方法占梦，依前梦"得风后于海隅，登以为相"，依后梦"得力牧于大泽，进以为将"。据说黄帝还著了《占梦经》十一卷。假定黄帝轩辕氏是于公元前二六九八年即帝位，他用什么工具著书，其书如何得传，这且不必追问。《周礼·春官》证实当时有官专司占梦之事，"观天地之会，辨阴阳之气。以日月星辰占六梦之吉凶，一曰正梦，二曰噩梦，三曰思梦，四曰寤梦，五曰喜梦，六曰惧梦"。后世没有占梦的官，可是梦为吉凶之兆，这种想法仍深入人心。如今一般人梦棺材，以为是升官发财之兆；梦粪便，以为是黄金万两之征。何况自古就有传说，梦熊为男子之祥，梦兰为妇人有身，甚至梦见自己的肚皮上生出一棵大松树，谓为将见人君，真是痴人说梦。

鞋

赤足穿草鞋,据说颇为舒适,穿几天成为敝屣,弃之无足惜。

"古曰屦，汉以后曰履，今曰鞵[1]"，这是清朱骏声《说文通训定声》的说法。鞵就是鞋。屦是麻做的。但是革做的也称为屦。屦履似不可分。倒是屐为另一种东西，主要是木制的。《急就篇》颜师古注："屐者，以木为之，而施两齿，可以践泥。"我初来台湾在菜市场看到有些卖鱼郎足登木屐，下面有高高的两齿，棕绳系在脚背上面，走起来摇摇晃晃像踩跷一般。这种木屐颇为近于古法。较常见的木板鞋，恐怕是近代的东西，看到屐，想起古人的几桩韵事。

晋人阮孚是一时名士，因金貂换酒而被弹的就是他。他对于木屐有特殊的嗜好，常自吹火蜡屐，自言自语地叹口气说："未知一生当着几量屐。"几量屐就是几双屐。人各有所嗜，玩鞋固亦不失为雅人深致，玩得彻底，就不免自行吹火蜡之。而且他悟到一生穿不了几双，大有无常迅速之感。

淝水之战大捷的时候，谢安得报，故作镇定，其实心中兴奋逾恒，过户限，不觉屐齿之折。平日端居户

---

[1] "鞋"的异体字。——编者注

内，和人弈棋，也是穿着木屐的。他的木屐折齿，不知道他跌倒没有。

谢灵运好山水，登陟亦常着木屐。木屐硬邦邦的、滑溜溜的，如何可以着了登山？他有妙法。"上山则去其前齿，下则去其后齿"，号称为"山屐"。亏他想得出这样适应地形使脚底保持平衡的办法。不过上山下山一次，前后齿都报销了，回到平地上不变成拖板鞋了吗？数十年前，我在北平公园一座小丘之下，看到二三东瀛女郎，着彩色斑斓的和服，如花蝴蝶，而足穿的是大趾与二趾分开的白布袜，拖着厚底的木屐，在山坡上进退不得，互相牵曳，勉强横行而降，狼狈不可名状。着木屐游山，自讨苦吃。

陆游《老学庵笔记》："妇人鞾，底前尖后圆，圆端钉以木质板，高寸许，行时格格有声，且摇曳有致。"这绝似我们现代所谓的高跟鞋了。后跟高寸许，还是很保守的，我们半个多世纪前就见三寸或三寸以上的高跟，如今有高至五寸者，行时不但摇曳有致，而且走起来几乎需要东扶一把西搀一下。高跟也有好多变化，有细如天鹅颈者，略弯曲而内倾，有略粗如荷梗而底端作喇叭形者，有直上直下尖如立锥者，能于地板上留下蜂窝似的痕迹，也有比较短短粗粗作四方形者，听说还有鞋跟透明里面装上小电灯者，我尚不曾见过。女鞋花样多：鞋口上可以镶一道红的或绿的边，鞋面上可以缀一朵花形的饰物，鞋帮上可以镂刻无数的小孔，可以七棱八瓣地用碎皮拼凑，也可以一半红一半黑合并成一只像是"阴阳割昏晓"的样子。变来变去，无可再变，于是有人别出心裁，把整个鞋底加厚，取消独立的后跟，远望过去像是无桥孔的土桥半座，无复玲珑之态。更有出奇制胜者，索性空前绝后，前面露出蒜瓣似的脚趾，后面暴露鞍皮的脚踵，穿起来根本不发生"纳履而踵决"的问题。女鞋一度流行前端溜尖，状如旗鱼之上颚，有人称之为"踢死牛"。俄而时髦变更，前端方头隆起，制鞋的人似是坚持削足适履的原则，不是把人的脚箍得像一只菱角，就是把脚包得像一只粽子。若干年前我曾看见不惯于穿皮鞋的姑娘们逛动物园，手提金镂鞋，赤脚下山坡，俨然成为当地一景。现在这种情形不复多见，大家的脚大概都已就范了。

男鞋比较简单。虽然现在人人西服革履，想起从前北方人穿的礼服呢千层底便鞋，仍然神往。这种鞋，家家户户自己都会做，当然店铺里做得更精致。其妙在轻而软，穿不了几天，鞋形就变成脚形，本来不分左右的也自然分了左右。唯一的短处是见不得水，不能像革履、木屐那样的蹚水践泥。去年腊八，有朋友赠我一双灰鼠绒毛千层底的骆驼鞍大毛窝，舒暖异常，我原以为此物早已绝迹。至于从前北方人冬季常穿的"老头儿乐"或毡拖拉，也许可以御寒，但是那小棺材似的形状，实在不敢领教。我想最简便的鞋莫过于草鞋，在我国西南一带，许多的小学生、军人，以及滑竿夫大抵都穿草鞋，而且无分冬夏。赤足穿草鞋，据说颇为舒适，穿几天成为敝屣，弃之无足惜。高人雅士也乐此不疲，苏东坡有句："芒鞋青竹杖，自挂百钱游。"多么潇洒。游方僧参谒名山大德，师父总是叮嘱他莫浪费草鞋钱。

张可久《水仙子》："佳人微醉脱金钗，恶客佯狂饮绣鞋。"所谓鞋杯之事大概是盛行于元明之际，而且也以恶客为限。陶宗仪《南村辍耕录》："杨铁崖耽好声色，每于筵间见歌儿舞女有缠足纤小者，则脱其鞋载盏以行酒，谓之金莲杯。"金莲杯又称双凫杯。当时以为韵事，现在想起来恶心。

它不用愁吃,到时候只消饭来张口,
它不用劳力,它有的是闲暇。

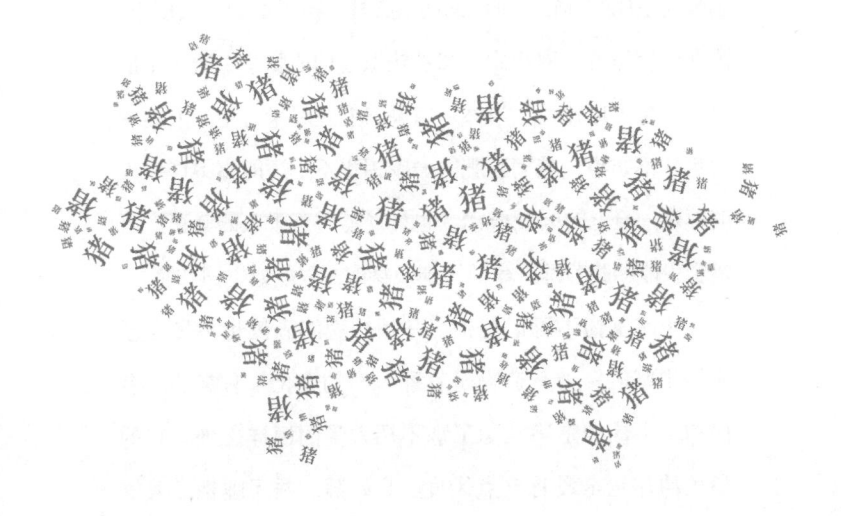

猪

猪没有什么模样，笨拙臃肿，漆黑一团。四川猪是白的，但是也并不俊俏，像是遍体白癜风，像是"天佬儿"，好像还没有黑色来得比较可以遮丑。俗话说："三年不见女人，看见一只老母猪，也觉得它眉清目秀。"一般人似尚不至如此，老母猪离眉清目秀的境界似乎尚远。只看看它那个嘴巴尽管有些近于帝王之相，究竟占面部面积过多，作为武器固未尝不可，作为五官之一就嫌不称。它那两扇鼓动生风的耳轮，细细的两根脚杆，辫子似的一条尾巴，陷在肉坑里的一对小眼，和那快擦着地的膨亨大腹，相形之下，全不成比例。当然，如果它能竖起来行走，大腹便便也并不妨事，脑满肠肥的一副相说不定还能赢得许多人的尊敬，脸上的肉叠成褶，也许还能讨若干人的欢喜。可惜它只能四脚着地，辜负了那一身肉，只好谥之曰"猪"。

任何事物不可以貌相，并且相貌的丑俊也不是自己所能主宰的。上天造物是有那么多的变化，有蠢的，有俏的。可恼的是猪儿除了那不招人爱的模样之外，它的举止动作也全没有一点风度。它好睡，睡无睡相，人讲究"坐如钟，睡如弓"。猪不足以语此，它睡起来是四脚直挺，倒头便睡，而且很快地就鼾声雷动，那鼾声是咯嗒噜苏的，很少有悦耳的成分。一旦睡着，天大的事休想能惊醒它，打它一棒它能翻过身再睡，除非是一桶猪食哗啦一声倒在食槽里。这时节它会连爬带滚地争先恐后地奔向食槽，随吃随挤，随咽随哇，嚼菜根则嘎嘎作响，吸豆渣则呼呼有声，吃得嘴脸狼藉，可以说没有一点"新生活"。动物的叫声无论是哀也好，凶也好，没有像猪叫那样讨厌的，平常没有事的时候只会在嗓子眼儿里呶呶嚅嚅，没有一点痛快，等到大限将至被人揪住耳朵提着尾巴的时候，便放声大叫，既不惹人怜，更不使人怕，只是使人听了刺耳。它走路的时候，踯躅蹒跚，活泼的时候，盲目地乱窜，没有一点规矩。

虽然如此，猪的人缘还是很好，我在乡间居住的时候，女佣不断地要求养猪，她常年吃素，并不希冀吃肉，更不希冀赚钱，她只是觉得家里没有几只猪儿便不像是个家。虽然有了猫狗和孩子，还是不够。我终于买了两只小猪。她立刻眉开眼笑，于抚抱之余给了小猪我所梦想不到的一个字的评语曰："乖！"孟子曰："食而弗爱，豕交之也；爱而不敬，兽畜之也。"我看我们的女佣在喂猪的时候是兼爱敬而有之。她根据"食不厌精，脍不厌细"的道理对于猪食是细切久煮，敬谨用事的，一日三餐，从不误时，伺候猪食之后倒是没有忘记过给主人做饭。天朗气清惠风和畅的时候她坐在屋檐下补袜子，一对小猪伏在她的腿上打瞌睡。等到"架子"长成"催肥"的时候来到，她加倍努力地供应，像灌溉一株花草一般地小心翼翼，它越努力加餐，她越心里欢喜，她俯在圈栏上看着猪儿进膳，没有偏疼，没有愠意，一片慈祥。有一天，猪儿高卧不起，见了食物也无动于衷，似有违和之意，她急得烧香焚纸，再进一步就是在猪耳根上放一点血，烧红一块铁在猪脚上烙一下，最后一着是一服万金油拌生鸡蛋。年关将届，她噙着眼泪烧一大锅开水，给猪洗第一次也是最后一次的热水澡。猪圈不能空着，紧接着下一代又继承了上来。

看猪的一生，好像很是无聊，大半时间都是被关在圈里，如待决之囚，足迹不出栅门，也不能接见亲属，而且很早地就被阉割，大欲就先去了一半，浑浑噩噩地度过一生，临了还不免冰凉的一刀。但是它也有它的庸福。它不用愁吃，到时候只消饭来张口，它不用劳力，它有的是闲暇。除了它最后不得善终好像是不无遗憾以外，一生的经过比起任何养尊处优的高级动物也并无愧色。"闻其声不忍食其肉"，是君子，但是我常以为猪叫的声音不容易动人的不忍之心。有一个时期，我的居处与屠场为邻，黎明就被惊醒，其鸣也不哀，随后是血流如注的声音，叫声顿止，继之以一声叹气，最后的一口气，再听便只有屋檐滴雨一般的沥血的声音，滴滴答答地落在桶里。我觉得猪经过这番洗礼，将超升成为一种有用的东西，无负于养它的人，是一件公道而可喜的事。

仓颉造字，天雨粟，鬼夜哭，虽是神话，也颇有一点意思。"家"字是屋子底下一口猪。屋子底下一个人，岂不简捷了当？难道猪才是家里主要的一员？有人说豕居引申而为人居，有人引曲礼"问庶人之富数畜以对"之义以为豕是主要的家畜。我养过几年猪之后，顿有所悟。猪在圈里的工作，主要的是"吃、喝、拉、撒、睡"，此外便没有什么。圈里是脏的，顶好的卫生设备也会弄得一塌糊涂。吃了睡，睡了吃，毫无顾忌，便当无比。这不活像一个家吗？在什么地方"吃喝拉撒睡"比在家里更方便？人在家里的生活比在什么地方更像一只猪？仓颉泄露天机倒未必然，他洞彻人生，却是真的，怪不得天雨粟鬼夜哭。

鸟并不永久地给人喜悦,
有时也给人悲苦。

鸟

我爱鸟。

从前我常见提笼架鸟的人，清早在街上溜达（现在这样有闲的人少了）。我感觉兴味的不是那人的悠闲，却是那鸟的苦闷。胳膊上架着的鹰，有时头上蒙着一块皮子，羽翮不整地蜷伏着不动，哪里有半点瞵视昂藏的神气？笼子里的鸟更不用说，常年地关在栅栏里，饮啄倒是方便，冬天还有遮风的棉罩，十分的"优待"，但是如果想要"抟扶摇而直上"，便要撞头碰壁。鸟到了这种地步，我想它的苦闷，大概是仅次于粘在胶纸上的苍蝇；它的快乐，大概是仅优于在标本室里住着吧？

我开始欣赏鸟，是在四川。黎明时，窗外是一片鸟啭，不是吱吱喳喳的麻雀，不是呱呱噪啼的乌鸦，那一片声音是清脆的，是嘹亮的，有的一声长叫，包括着六七个音阶；有的只是一个声音，圆润而不觉其单调；有时候是独奏，有时候是合唱，简直是一派和谐的交响乐。不知有多少个春天的早晨，这样的鸟声把我从梦境唤起。等到旭日高升，市声鼎沸，鸟就沉默了，不知到哪里去了。一直等到夜晚，才又听到杜鹃叫，由远叫到近，由近叫到远，一声急似一声，竟是凄绝的哀乐。客夜闻此，说不出地酸楚！

在白昼，听不到鸟鸣，但是看得见鸟的形体。世界上的生物，没有比鸟更俊俏的。多少样不知名的小鸟，在枝头跳跃，有的曳着长长的尾巴，有的翘着尖尖的长喙，有的是胸襟上带着一块照眼的颜色，有的是飞起来的时候才闪露一下斑斓的花彩。几乎没有例外的，鸟的身躯都是玲珑饱满的，细瘦而不干瘪，丰腴而不臃肿，真是减一分则太瘦，增一分则太肥，那样的秾纤合度，跳荡得那样轻灵，脚上像是有弹簧。看它高踞枝头，临风顾盼——好锐利的喜悦刺上我的心头。不知是什么东西惊动它了，它倏地振翅飞去，它不回顾，它不悲哀，它像虹似的一下就消逝了，它留下的是无限的迷惘。有时候稻田里伫立着一只白鹭，蜷着一条腿，缩着颈子，有时候"一行白鹭上青天"，背后还衬着黛青的山色和釉绿的梯田，就是抓小鸡的鸢鹰，啾啾地叫着，在天空盘旋，也有令人喜悦的一种雄姿。

我爱鸟的声音、鸟的形体，这爱好是很单纯的，我对鸟并不存任何幻想。有人初闻杜鹃，兴奋得一夜不能睡，一时想到"杜宇""望帝"，一时又想到啼血，想到客愁，觉得有无限诗意。我曾告诉他事实上全不是这样的。杜鹃原是很健壮的一种鸟，比一般的鸟魁梧得多，扁嘴大口，并不特别美，而且自己不知构巢，依仗体壮力大，硬把卵下在别个的巢里，如果巢里已有了够多的卵，便不客气地给挤落下去，孵育的责任由别个代负了，孵出来之后，羽毛渐丰，就可把巢据为己有。那人听了我的话之后，对于这豪横无情的鸟，再也不能幻出什么诗意出来了。我想济慈的《夜莺》、雪莱的《云雀》，还不都是诗人自我的幻想，与鸟何干？

鸟并不永久地给人喜悦，有时也给人悲苦。诗人哈代在一首诗里说，他在圣诞的前夕，炉里燃着熊熊的火，满室生春，桌上摆着丰盛的筵席，准备着过一个普天同庆的夜晚，蓦然看见在窗外一片美丽的雪景当中，有一只小鸟局踏缩缩地在寒枝的梢头踞立，正在啄食一颗残余的僵冻的果儿，禁不住那料峭的寒风，栽倒地上死了，滚成一个雪团！诗人感喟曰："鸟！你连这一个快乐的夜晚都不给我！"我也有过一次类似经验，在东北的一间双重玻璃窗的屋里，忽然看见枝头有一只麻雀，战栗地跳动抖擞着，在啄食一块干枯的叶子。但是我发现那麻雀的羽毛特别地长，而且是蓬松戟张着的：像是披着一件蓑衣，立刻使人联想到那垃圾堆上的大群褴褛而臃肿的人，那形容是一模一样的。那孤苦伶仃的麻雀，也就不暇令人哀了。

　　自从离开四川以后，不再容易看见那样多型类的鸟的跳荡，也不再容易听到那样悦耳的鸟鸣。只是清早遇到烟突冒烟的时候，一群麻雀挤在檐下的烟突旁边取暖，隔着窗纸有时还能看见伏在窗棂上的雀儿的映影。喜鹊不知逃到哪里去了。带哨子的鸽子也很少看见在天空打旋。黄昏时偶尔还听见寒鸦在古木上鼓噪，入夜也还能听见那像哭又像笑的鸱鸮的怪叫。再令人触目的就是那些偶然一见的囚在笼里的小鸟儿了，但是我不忍看。

我总以为养狗的根本理由，
便是家里有富裕的粮食。

狗

1

北方的下流社会的人，常有一种高尚的习惯，喜欢提笼架鸟。上海的似乎是上流社会的人，也常常有一种似乎是高尚的习惯，喜欢养狗。我常看见穿洋装的中国人，手里牵着一条纯粹的洋狗，或穿中国衣裳的中国人，牵着一条纯粹的中国狗，招摇过市。狗的种类繁多，有的比人小一点，如巴儿狗，有的比人还强健一些，如纽芬兰的猎犬。养狗的人与狗，很有互相爱慕的表示，一个伸手抚弄，一个就会摇摇尾巴。于是我便渐渐地觉悟，"鸟兽不可与同群也"这一句话，不一定是圣人说的。

听说最喜欢养狗的人，是外国的妇女。我可不晓得是什么缘故。有人说外国人喂狗的东西是红烧牛肉，我倒不敢深信，不过有时比你我吃得好些，却也有的。我总以为养狗的根本理由，便是家里有富裕的粮食。

爱养狗的人自管关起门来养狗，不关旁人的事，不过狗的主人总宜稍尽管教之责，不可放狗在弄堂里和来往行人赛跑。这倒是与狗主人的名誉略微有一些关系的事。

2

《五代史·四夷》附录:"狗国,人身狗首,长毛不衣,手搏猛兽,语为犬嗥。其妻皆人,能汉语,生男为狗,女为人,自相婚嫁。穴居食生,而妻女人食。"语出正史,不相信也只好姑妄听之。我倒是希望在什么地方真有这么一个古国,让我们前去观光。妻女能汉语,对观光客便利不少。人身狗首,虽然不及人面狮身那样雄奇,也算另一种上帝的杰作,我们不可怀有种族偏见,何况在我们人群中,獐头鼠目而昂首上骧者也比比皆是。可惜史籍记载太欠详尽,使人无从问津。

我们的人口膨胀,狗的繁殖好像也很快。我从前在清晨时分曳杖街头,偶然看见一两只癞狗在人家门前蜷卧,或是在垃圾箱里从事发掘,我走我的路,各不相扰。如今则不然,常常遇见又高又大的狼犬,有时气咻咻地伸着大舌头从我背后赶来,原来是狗主人在训练它捡取东西。也常常遇到大耳披头的小猎犬,到小腿边嗅一下,摇头晃脑而去。更常看到三五只土狗在街心乱窜,是相扑为戏还是争风动武，我也无从知道。遇到这样的场面，我只好退避三舍，绕道而行。

不要以为我极不喜欢狗。马克·吐温说过："狗与人不同。一只丧家犬，你把它迎到家里，喂它，喂得它生出一层亮晶晶的新毛，它以后不会咬你。"我相信，所谓义犬，古今中外皆有之。《搜神记》记载着一桩义犬救主的故事；明人戏曲也有过一篇《义犬记》。养狗不一定望报，单看它默默地厮守着你的样子，就觉得它是可人。树倒猢狲散，猢狲与人同属于灵长类，树倒焉有不散之理；狗则不嫌家贫，它知道恋旧。不过狗咬主人的事也不是没有发生过。那是狗患了恐水病，它咬了别人，也咬了主人，它自己是不负责任的，犹之乎一个"心神丧失"的儿子杀死爸爸也会被判为无罪一样。（不过疯犬本身必无生理，无论有罪无罪，都不能再俯仰天地之间而克享天年。）印度外道戒，有一种狗戒，要人过狗一般的生活，真个吃人粪便，《大智度论》批评说："如是等戒，智所不赞，唐苦无善报。"其实狗也有它的长处，大有值得我们人效法者在，吃粪是大可不必的，纵然二十四孝里也列为一项孝行。

狗与人类打交道，由来已久。周有犬人，汉有狗监，都是帝王近侍，可见在犬马声色之娱中间老早就占了重要的地位。犬为六畜之一，孟子说："鸡豚狗彘之畜，无失其时，七十者可以食肉矣。"老人有吃狗肉的权利。聂政屠狗养亲，没有人说他的不是。许多人不吃香肉，想想狗所吃的东西便很难欣赏狗肉之甘脆。我不相信及时进补之说，虽然那些先天不足、后天亏损的人是很值得同情的。但是有人说吃狗肉是虐待动物，是野蛮行为，这种说法就很令人惊异。《三字经》是近来有人提倡读的，里面就说"马牛羊，鸡犬豕，此六畜，人所饲"，人饲了它是为了什么？历来许多地方小规模的祭祀，不用太牢，便用狗。何以单单杀狗便是野蛮？法国人吃大蜗牛，无害于他们的文明。我看见过广州菜市场上的菜狗，胖胖嘟嘟的，一笼一笼的，虽然不是喂罐头长大的，想来决不会经常服用"人中黄"，清洁又好像不成问题。

狗的数目日增，也许是一件好事。"狗吠深巷中，鸡鸣桑树颠"，鸡犬之声相闻，是农村不可或缺的一种点缀。都市里的狗又是一番气象，真是"鸡鸣天上，犬吠云中"，身价不同。我清晨散步时所遇见的狗，大部分都是系出名门，而且所受的都是新式的自由的教育，横冲直撞，为所欲为。电线杆子本来天生地宜于贴标语，狗当然不肯放过在这上面做标志的机会。有些狗脖子上挂着牌子，表示它已纳过税，纳过税当然就有使用大街小巷的权利，也许其中还包含随地便溺的自由。我听一些犬人、狗监一类的人士说，早晨放狗，目的之一便是让它在自己家门之外排泄。想想我们人类也颇常有"脚向墙头八字开"的时候，于狗又何尤？说实在话，狗主人也偶尔有几个思想顽固的，居然给狗戴上口罩，使得它虽欲"在人腿上吃饭"而不可得，或是系上一根皮带加以遥远控制。不过这种反常的情形是很少有的，通常是放狗自由，如入无人之境。

门上"内有恶犬"的警告牌示已少见，将来代之而兴的可能是"内无恶犬"。警告牌少见的缘故之一是其必需性业已消失。黑鼻尖黑嘴圈的狼狗，脸上七棱八瓣的牛头狗，尖嘴白毛的狐狸狗，都常在门底下露出一部分嘴脸，那已经发生够多的吓阻力量。朱门蓬户，都各有其身份相当的狗居住其间。如果狗都关在门内，主人豢之饲之爱之宠之，与人无涉；如果放它出门，而没有任何防范，则一旦咬人固是小事一端，它自己却也有在香肉店寻得归宿的可能。屠宰名犬进补，实在煞风景。可是这责任不该由香肉店负。

3

我不欢喜狗，也不知是为什么，仔细想起来，大概是不外这几个原因：一、怕狗咬；二、嫌狗脏；三、家里的孩子已经太多。

我到重庆来，租到一间房子，主人豢养着一条狗，不是什么巴儿狗、狼狗、鬈毛狗之类的名种，只是地地道道的一条笨狗，可是主人爱它。我的屋门的外面就是主人的饭厅，同时也就是这条狗的休憩之所。一到"开堂"的时候，桌上桌下同时要吱吱喳喳地忙碌一阵。主人若是剩下半锅稀饭，就噗的一声往地上一泼，那条狗便伸出缁红长舌头呱唧呱唧地给舔得一干二净。小宝宝若是痾了屎，那条狗也依样办理。所以地上是很光溜的，而主人还省许多事。开堂的时候那条狗若是缺席，还要劳主人依槛而望，有时还要喊着它的大名催请。饭后狗还要在我门外僵卧。所以我推开门，总是要遇到狗。平常倒也彼此相安，但是遇到它正在啃骨头或是心绪欠佳的时候，它便呼的一下子扑上身来，有一次冷不防被它把裤子咬破一个洞，至今这个洞还没有缝起来。以后我出入就加小心了，杖不离手，手不离杖，采取防御的姿势。狗大概是饱的时候不多，常常狭路相逢，和我冲突。我接受一个朋友的劝告，买了十个铜板的大饼喂它，果然，它摇尾而来，有妥协之意，我把饼都给它吃了。它快吃完，我大踏步走出门口，不料它呼的一下咬住了我的衣襟，我一时也无法摆脱，顿成胶滞状态，幸亏主人出来呵逐，我仅以身免，衣襟上已有两个窟窿！以后我就变更策略，按照军事学家所谓的"进攻是最好的防卫"，又按照标语家所谓的"予打击者以打击"，以后遇到狗便见头打头，见尾打尾。从此我没被狗咬过，然而也很吃力，尤其是在精神上感觉紧张。我的朋友们来访我的，有两位腿上挂了彩。主人非常客气，甚至于感觉有一点不安，在大门外竖起一块牌子，大书"内有恶犬"。

有人说，怕狗咬足以证明你是城里人，不是乡下人。乡下人没有怕狗咬的。这话也对。不过城里不是没有狗。重庆的街道上狗甚多，我常有"不可与同群也"之感。城里的狗比乡下的狗机警,卧在街道中间的少,而且也并不狂吠着追逐汽车。街上的野狗并不轻易咬人,大概是因为它知道它自己是野狗。不过我总觉得在人的都市里,狗不应该有居住行动的自由权。万一谁得到"恐水症",在重庆可是没法治!市政当局若是发起捕杀野犬运动,我赞成。

猎犬、警犬,都是有用的;太太们若是欢喜小巴儿狗,那也是私人的嗜好,并无可议;看门守夜的狗,若是家教严,管理得法,不乱咬人,那也要得。至于笔记小说中所谓"义犬",那自然更令人肃然起敬,我不敢诽谤。可是××的"走狗",那就非打倒不可了。狗和人一样,有种类的不同,不可一概而论。你看,英国人不是还时常喜欢自比为"牛头狗"吗?

4

我初到重庆,住在一间湫隘的小室里,窗外还有三两棵肥硕的芭蕉,屋里益发显得阴森森的,每逢夜雨,凄惨欲绝。但凄凉中毕竟有些诗意，旅中得此，尚复何求？我所最感苦恼的乃是房门外的那一只狗。

我的房门外是一间穿堂，亦即房东一家老小用膳之地，餐桌底下永远卧着一条脑满肠肥的大狗。主人从来没有扫过地，每餐的残羹剩饭，骨屑稀粥，以及小儿便溺，全都在地上星罗棋布着，由那只大狗来舔得一干二净。如果有生人走进，狗便不免有所误会，以为是要和它争食，于是声色俱厉地猛扑过去。在这一家里，狗完全担负了"洒扫应对"的责任。

"君子有三畏"，猘犬其一也。我知道性命并无危险，但是每次出来进去总要经过它的防次，言语不通，思想亦异，每次都要引起摩擦，酿成冲突，日久之后真觉厌烦之至。其间曾经谋求种种对策，一度投以饵饼，期收绥靖之效，不料饵饼尚未啖完，趁我返身开锁之际，无警告地向我的腿部偷袭过来，又一度改取"进攻乃最好之防御"的方法，转取主动，见头打头，见尾打尾，虽无挫衄，然积小胜终不能成大胜，且转战之余，血脉偾张，亦大失体统。因此外出即怵回家，回到房里又不敢多饮茶。不过使我最难堪的还不是狗，而是它的主人的态度。

狗从桌底下向我扑过来的时候,如果主人在场,我心里是存着一种奢望的:我觉得狗虽然也是高等动物,脊椎动物哺乳类,然而,究竟至少在外形上,主人和我是属于较近似的一类,我希望他给我一些援助或同情。但是我错了,主客异势,亲疏有别,主人和狗站在同一立场。我并不是说主人也帮着狗猖猖然来对付我,他们尚不至于这样地合群。我是说主人对我并不解救,看着我的狼狈而哄然噱笑,泛起一种得意之色,面带着笑容对狗嗔骂几声:"小花!你昏了?连×先生你都不认识了!"骂的是狗,用的是让我所能听懂的语言。那弦外之音是:"我已尽了管束之责了,你如果被狗吃掉莫要怪我。"然后他就像是在罗马剧场里看基督徒被猛兽扑食似的作壁上观。俗语说"打狗看主人",我觉得不看主人还好,看了主人我倒要狠狠地再打狗几棍。

后来我疏散下乡,遂脱离了这恶犬之家,听说继续住那间房的是一位军人,他也遭遇了狗的同样的待遇,也遭遇了狗的主人的同样的待遇,但是他比我有办法,他拔出枪来把狗当场格毙了,我于称快之余,想起那位主人的悲怆,又不能不付予同情了。特别是,残茶剩饭丢在地下无人舔,主人事必躬亲洒扫,其凄凉是可想而知的。

在乡下不是没有犬厄。没有背景的野犬是容易应付的,除了菜花黄时的疯犬不计外,普通的野犬都是些不修边幅的夹尾巴的可怜的东西,就是汪汪地叫起来也是有气无力的,不像人家豢养的狗那样振振有词自成系统。有些人家在门口挂着牌示"内有恶犬",我觉得这比门里埋伏恶犬的人家要忠厚得多。我遇见过埋伏,往往猝不及防,惊惶大呼,主人闻声搴帘而出,嫣然而笑,肃客入座,从容相告狗在最近咬伤了多少人。这是一种有效的安慰,因为我之未及于难是比较可庆幸的事了。但是我终不明白,他为什么不索性养一只虎?来一个吃一个,来两个吃一双,岂不是更为体面吗?

这道理我终于明白了。雅舍无围墙,而盗风炽,于是添置了一只狗。一日邮差贸贸然来,狗大咆哮,邮差且战且走,蹒跚而逸,主人拊掌大笑。我顿有所悟。别人的狼狈永远是一件可笑的事,被狗所困的人和踏在香蕉皮上面跌跤的人同样地可笑。养狗的目的就是要它咬人,至少做吃人状。这就等于养鸡是为要它生蛋一样,假如一只狗像一只猫一样,整天晒太阳睡觉,客人来便咪咪叫两声,然后逡巡而去，我想不但主人惭愧，客人也要惊讶。所以狗咬客人，在主人方面认为狗是克尽厥职，表面上尽管对客抱歉，内心里是有一种愉快的，觉得我的这只狗并非挂名差事，它守在岗位上发挥了作用。所以对狗一面呵责，一面也还要嘉勉。因此脸上才泛出那一层得意之色。还有衣裳楚楚的人，狗是不大咬的，这在主人也不能不有"先获我心"之感。所可遗憾者，有些主人并不以衣裳取人，亦并不以衣裳废人，而这种道理无法通知门上，有时不免要慢待嘉宾。不过就大体论，狗的眼力总是和它的主人差不了多少。所以，有这样多的人家都养狗。

树是活的，只是不会走路，
根扎在哪里便住在那里，
永远没有颠沛流离之苦。

树

北平的人家，差不多家家都有几棵相当大的树。前院一棵大槐树是很平常的。槐荫满庭，槐影临窗，到了六七月间槐黄满树，使得家像一个家，虽然树上不时地由一根细丝吊下一条绿颜色的肉虫子，不当心就要黏得满头满脸。槐树寿命很长，有人说唐槐到现在还有生存在世上的。这种树的树干就有一种纠绕盘屈的姿态，自有一股老丑而并不自嫌的神气，有这样一棵矗立在前庭，至少可以把"树小墙新画不古"的讥诮免除三分之一。后院照例应该有一棵榆树，榆与余同音，示有余之意。否则榆树没有什么特别值得令人喜爱的地方，成年地往下洒落五颜六色的毛毛虫，榆钱做糕也并不好吃。至于边旁跨院里，则只有枣树的份，"叶小如鼠耳"，到处生些怪模怪样的能刺伤人的小毛虫。枣实只合做枣泥馅子，生吃在肚里就要拉枣酱，所以左邻右舍的孩子、老妪任意扑打也就算了。院子中央的四盆石榴树，那是给天棚鱼缸做陪衬的。

我家里还有些别的树。东院里有一棵柿子树，每年结一二百个高庄柿子，还有一棵黑枣树。垂花门前有四棵西府海棠，艳丽到极点。西院有四棵紫丁香，占了半个院子。后院有一棵香椿和一棵胡椒，椿芽、椒芽成了烧黄鱼和拌豆腐的最好的作料。榆树底下有一个葡萄架，年年在树根左近要埋一只死猫（如果有死猫可得）。在从前的一处家园里，还有更多的树，桃、李、胡桃、杏、梨、藤萝、松、柳，无不俱备。因此，我从小就对于树存有偏爱。我尝面对着树生出许多非非之想，觉得树虽不能言、不解语，可是它也有生老病死，它也有荣枯，它也晓得传宗接代，它也应该算是"有情"。

树的姿态各个不同。亭亭玉立者有之，矮墩墩的有之，有张牙舞爪者，有佝偻其背者，有戟剑森森者，有摇曳生姿者，各极其致。我想树沐浴在熏风之中，抽芽放蕊，它必有一番愉快的心情。等到花簇簇、锦簇簇，满枝头红红绿绿的时候，招蜂引蝶，自又有一番得意。落英缤纷的时候可能有一点伤感，结实累累的时候又会有一点迟暮之思。我又揣想，蚂蚁在树干上爬，树可能会觉得痒痒出溜的；蝉在枝叶间高歌，树也可能会觉得聒噪不堪。总之，树是活的，只是不会走路，根扎在哪里便住在那里，永远没有颠沛流离之苦。

小时候听"名人演讲"，有一次是一位什么"都督"之类的角色讲演"人生哲学"，我只记得其中一点点，他说:"植物的根是向下伸,兽畜的头是和身躯平的,人是立起来的,他的头是在最上端。"我当时觉得这是一大发现,也许是生物进化论的又一崭新的说法。怪不得人为万物之灵,原来他和树比较起来是本末倒置的。人的头高高在上,所以"清气上升,浊气下降"。有道行的人,有坐禅,有立禅,不肯倒头大睡,最后还要讲究坐化。

可是历来有不少诗人并不这样想,他们一点也不鄙视树。美国的弗罗斯特有一首诗,名《我的窗前树》,他说他看出树与人早晚是同一命运的,都要倒下去,只有一点不同,树担心的是外在的险厄,人烦虑的是内心的风波。又有一位诗人名 Kilmer(基尔默),他有一首著名的小诗《树》,有人批评说那首诗是"坏诗",我倒不觉得怎样坏,相反地,"诗是像我这样的傻瓜作的,只有上帝才能造出一棵树",这两行诗颇有一点意思。人没有什么了不起,侈言创造,你能造出一棵树来吗?树和人,都是上帝的创造。最近我到阿里山去游玩,路边见到那株"神木",据说有三千年了,比起庄子所说的"以八千岁为春,以八千岁为秋"的上古大椿还差一大截子,总算有一把年纪,可是看那一副形容枯槁的样子,只是一具枯骸,何神之有!

我不相信"枯树生华"那一套。我只能生出"树犹如此，人何以堪"的感想。

我看见阿里山上的原始森林，一片片、黑压压，全是参天大树，郁郁葱葱。但与我从前在别处所见的树木气象不同。北平公园大庙里的柏，以及梓橦道上的所谓"张飞柏"，号称"翠云廊"，都没有这里的树那么直、那么高。像黄山的迎客松，屈铁交柯，就更不用提，那简直是放大了的盆景。这里的树大部分是桧木，全是笔直的，上好的电线杆子材料。姿态是谈不到，可是自有一种榛莽未除、入眼荒寒的原始山林的意境。局促在城市里的人走到原始森林里来，可以嗅到"高贵的野蛮人"的味道，令人精神上得到解放。

赏雪，须先肚中不饿。　　雪

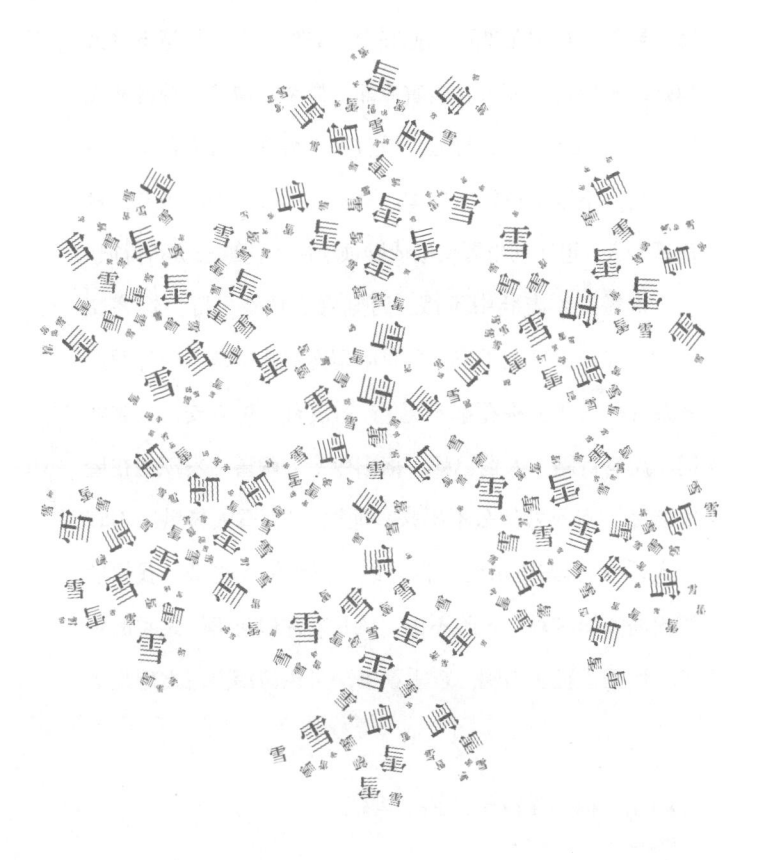

李白句："燕山雪花大如席。"这话靠不住，诗人夸张，犹"白发三千丈"之类。据科学的报道，雪花的结成视当时当地的气温状况而异，最大者直径三至四英寸[1]。大如席，岂不一片雪花就可以把整个人盖住？雪，是越下得大越好，只要是不成灾。雨雪霏霏，像空中撒盐，像柳絮飞舞，缓缓然下，真是有趣，没有人不喜欢。有人喜雨，有人苦雨，不曾听说谁厌恶雪。就是在冰天雪地的地方，爱斯基摩人[2]也还利用雪块砌成圆顶小屋，住进去暖和得很。

赏雪，须先肚中不饿。否则雪虐风饕之际，饥寒交迫，就许一口气上不来，焉有闲情逸致去细数"一片两片三四片……飞入梅花都不见"？后汉有一位袁安，大雪塞门，无有行路，人谓已死。洛阳令令人除雪，发现他在屋里僵卧，问他为什么不出来，他说："大雪人皆饿，不宜干人。"此公憨得可爱，自己饿，料想别人也饿。我相信袁安僵卧的时候一定吟不出"风吹雪片似花落"之类的句子。晋王子猷居山阴，夜雪初霁，月色清朗，忽然想起远

---

[1] 英美制长度单位，1英寸等于2.54厘米。——编者注
[2] 即因纽特人。——编者注

在剡的朋友戴安道，即便夜乘小舟就之，经宿方至，造门不前而返。假如没有那一场大雪，他固然不会发此奇兴，假如他自己饘粥不继，他也不会风雅到夜乘小船去空走一遭。至于谢安石一门风雅，寒雪之日与儿女吟诗，更是富贵人家事。

一片雪花含有无数的结晶，一粒结晶又有好多好多的面，每个面都反射着光，所以雪才显着那样地洁白。我年轻时候听说从前有烹雪瀹茗的故事，一时好奇，便到院里就新降的积雪掬起表面的一层，放在甑里融成水，煮沸，走七步，用小宜兴壶，沏大红袍，倒在小茶盅里，细细品啜之，举起喝干了的杯子就鼻端猛嗅三两下——我一点也不觉得两腋生风，反而觉得舌本闲强。我再检视那剩余的雪水，好像有用矾打的必要！空气污染，雪亦不能保持其清白。有一年，我在汴洛道上行役，途中车坏，时值大雪，前不巴村后不着店，饥肠辘辘，乃就路边草棚买食，主人飨我以挂面，我大喜过望。但是煮面无水，主人取洗脸盆，舀路旁积雪，以混沌沌的雪水下面。虽说饥者易为食，这样的清汤挂面也不是顶容易下咽的。从此我对于雪，觉得只可远观，不可亵玩。苏武饥吞毡渴饮雪，那另当别论。

雪的可爱处在于它的广被大地，覆盖一切，没有差别。冬夜拥被而眠，觉寒气袭人，蜷缩不敢动，凌晨张开眼皮，窗棂窗帘隙处有强光闪映大异往日，起来推窗一看，——啊！白茫茫一片银世界。竹枝松叶顶着一堆堆的白雪，杈芽老树也都镶了银边。朱门与蓬户同样地蒙受它的沾被，雕栏玉砌与瓮牖桑枢没有差别待遇。地面上的坑穴洼溜，冰面上的枯枝断梗，路面上的残刍败屑，全都罩在天公抛下的一件鹤氅之下。雪就是这样地大公无私，装点了美好的事物，也遮掩了一切的芜秽，虽然不能遮掩太久。

雪最有益于人之处是在农事方面。我们靠天吃饭，自古以来就看上天的脸色："上天同云，雨雪纷纷……既沾既足，生我百谷。"俗语所说"瑞雪兆丰年"，即今冬积雪，明年将丰之谓。不必"天大雨雪，至于牛目"，盈尺就可成为足够的宿泽。还有人说雪宜麦而辟蝗，因为蝗遗子于地，雪深一尺则入地一丈，连虫害都包治了。我自己也有过一点类似的经验，堂前有芍药两栏，书房檐下有玉簪一畦，冬日几场大雪扫积起来，堆在花栏花圃上面，不但可以使花根保暖，而且来春雪融成了天然的润溉，大地回苏的时候果然新苗怒发，长得十分茁壮，花团锦簇。我当时觉得比堆雪人更有意义。

据说有一位枭雄吟过一首《咏雪》的诗："黄狗身上白，白狗身上肿。出门一啊喝，天下大一统。"[1] 俗话说："官大好吟诗"，何况一位枭雄在夤缘际会、踌躇满志的时候？这首诗不是没有一点巧思，只是趣味粗犷得可笑，这大概和出身与气质有关。相传法国皇帝路易十四写了一首三节联韵诗，自鸣得意，征求诗人、批评家布洼娄的意见。布洼娄说："陛下无所不能，陛下欲作一首歪诗，果然作成功了。"我们这位枭雄的《咏雪》，也应该算是很出色的一首歪诗。

---

[1]《咏雪》原文应为："江上一笼统，井上黑窟窿。黄狗身上白，白狗身上肿。"此处疑为作者误记。——编者注

雷

年事稍长,对于雷电也就司空见惯,而且心想这么多次打雷都没有打死我,以后也许不会打死我了。

"风来喽，雨来喽，和尚背着鼓来喽。"这是我们家乡常听到的一个童谣，平常是在风雨欲来的时候唱的。那个"鼓"就是雷的意思吧。我小的时候就很怕雷，对于这个童谣也就觉得颇有一点恐惧的意味。雨是我所欢迎的，我喜欢那狂暴骤雨，雨后院里的积水，雨后吹胰子泡，雨后吃咸豌豆，但是雷就令我困恼。隐隐的远雷还无伤大雅，怕的是那霹雷，咔嚓一声，不由得不心跳。

我小时候怕雷的缘故有二。一个是老早就灌输进来的迷信。有人告诉我说，雷有两种，看那雷声之前的电闪就可以知道，如是红的，那便是殛妖精的，如是白的，那便是殛人的。因此，每逢看见电火是白色的时候，心里就害怕。殛妖精与我无关，我知道我不是妖精，但是殛人则我亦可能有份。而且据说有许多项罪过都是要天打雷劈的，不孝父母固不必说，琐细的事如遗落米粒在地上也可能难逃天诛的。被雷打的人，据说是被雷公（尖嘴猴腮的模样）一把揪到庭院里，双膝跪落，背上还要烧出一行黑字，写明罪状。我吃饭时有无米粒落地，我是一点把握也没有的。所以每逢电火在头上盘旋，心里就打鼓，极力反省吾身，希望未曾有干天怒。第二个怕雷的缘故是由一点粗浅的科学常识。从小学课本里知道雷与电闪是一件东西，是阴阳电在天空中两朵云里吸引而中和，如果笔直地从天空戳到地面便要打死触着它的人或畜。不要立在大树下，这比迷信的说法还可怕。因为雷公究竟不是瞎眼的，而电火则并无选择，谁碰上谁倒霉。因此一遇雷雨，便觉得坐立不安，无所逃于天地之间。后院就有一棵大榆树，说不定我就受连累。我头痒都不敢抓，怕摩擦生电而与雷电接连！

年事稍长，对于雷电也就司空见惯，而且心想这么多次打雷都没有打死我，以后也许不会打死我了。所以胆就渐壮起来，听到霹雳，顶多打个冷战，看见电闪来得急猛，顶多用手掌按住耳朵，为保护耳膜起见张开大嘴而已。像小时候想在脑袋顶上装置避雷针的幼稚念头，是不再有的了。

可是我到了四川，可真开了眼，才见到大规模的雷电。这地方的雷比别处的响，也许是山谷回音的缘故，也许是住的地方太高太旷的缘故，打起雷来如连珠炮一般，接连地围着你的房子转，窗户玻璃（假如有的话）都震得响颤，再加上风狂雨骤，雷闪一阵阵地照如白昼，令人无法安心睡觉。有一位胆小的太太，吓得穿上了她的丈夫的两只胶鞋，立在屋中央，据说是因为胶鞋不传电。上床睡的时候，她给四只床腿穿上了四只胶鞋，两只手还要牵着两个女用人，这才稍觉安心。我虽觉得她太胆小了一点，但是我很同情她，因为我自己也是很被那些响雷所困扰的。我现在想起四川的雷，还有余悸。

我读到《读者文摘》上一篇专谈雷的文章，恐怖的心情为之减却不少。他说："你不用怕，一个人被雷打死的机会是极少的，比中头彩还难，那机会大概是一百万分之一都还不到。"我觉得有理。我彩票买过多少回，从没有中过头彩，对于倒霉的事焉见得就那么好运气呢？他还有一个更有力的安慰，他说："雷和电闪既是一件东西，那么在你看见电火一闪的时候，问题便已经完全解决，该中和的早已中和了，该劈的早已也就劈了，剩下来的雷声随后被你听见，并不能为害。如果你中头彩，雷电直落在你的脑瓜顶上，你根本就来不及看见那电闪，更来不及听那一声雷响，所以，你怕什么？"这话说得很有理。电光一闪，一切完事，那声音响就让它响去好了。如果电闪和雷声之间的距离有一两秒钟，那足可证明危险地区离你还有百八十里地，大可安心。万一，万一，一个雷霆正好打在头上，那也只好由它了。

话虽如此，有两点我仍未能释然。第一，那咔嚓的一声我还是怵。过年的时候顽皮的小孩子燃起一个小爆仗往我脚下一丢，我也要吓一跳。我自己放烟火，"太平花"还可以放着玩玩，"大麻雷子"我可不敢点，那一声响我受不了。我是觉得，凡是大声音都可怕，如果来得急猛则更可怕。原始的民族看见雷电总以为是天神发怒，虽说是迷信，其实那心情不难了解。猛古丁地天地间发生那样的巨响，如何能不惊怪？第二，被雷殛是最倒霉的死法。有一次报上登着，夫妻睡在床上，双双地被雷劈了。于是人们纷纷议论，都说这两个人没干好事。假使一个人走在街上被汽车撞死，一般人总会寄予同情，认为这是意外横祸，对于死者之所以致死必不再多作捉摸，唯独对于一个被雷殛的人，大家总怀疑他生前的行为必定有点暧昧。死是小事，身死而为天下笑，这未免太冤了。

一面是表演，一面是观众，壁垒森严。 火

忽然听得人声鼎沸，门外有跑步声。如果我有六朝人风度，应该充耳不闻，若无其事者然，这才显得悠闲高旷，管宁、华歆割席的故事我们不该忘怀。但我究竟未能免俗，"风声鹤唳，草木皆兵"，这些年来乱离的经验太多，听见一点声响就悚然而惊，何况是嘈杂的人声发于肘腋，焉能不瞿然而作，一探究竟呢？

走到户外，只见西南方一股黑烟矗立在半天空，烧烤的味道扑鼻而来，很显然地，是什么地方失火了。

我启开街门，啊，好汹涌的一股人流！其中有穿长袍的，有短打的，有拖着拖鞋的，有抱着吃奶的孩子的，有扶着拐杖的，有的是呼朋引友，有的是全家出发，七姑姑八姨姨，扶老携弱、有说有笑地向着一个方向急行。

我随波逐流地到了巷口。火势果然不小。火舌从窗口伸出来舐墙，一团团的火球往天空迸，一阵阵的白烟间杂着黑烟，烟灰被风吹着像是香灰似的扑簌而下。

街上挤满了人，黑压压一片，凡是火的热气烤不着的地方都站满了人，人从四面八方赶了过来。有一家茶叶铺搬出好几条板凳，招待亲友，立刻就挤满了，像兔儿爷摊子似的，高高的，不妨视线，得看。

有一位太性急的观客，踩了一位女客的脚，开始"国骂"。这是插曲，并不被人注意。

有一个半大的小子爬上树了，得意地锐叫起来，很多的孩子都不免羡慕。

邻近的屋顶上也出现了人，有人骑在屋脊上。

火场里有人往外抢东西，我只见一床床的被褥都堆在马路边上了。箱笼、木盆、席子、热水壶……杂然并陈。

一面是表演，一面是观众，壁垒森严。观众是在欣赏，在喝彩。观众当然不能参加表演。

哗啷哗啷地响，消防队来了，血红的车，晶亮的铜帽，崭新的制服，高筒的皮靴，观众看着很满意，认为行头不错。

皮带照例是要漏水的。横亘在马路上的一截皮带，就有好几处喷泉，喷得有丈把高。路上是一片汪洋。

水像银蛇似的往火里钻，咝咝地响。倏时间没有黑烟了，只剩了白烟，又像是云雾。看样子，烧了没有几间房。

"走吧！没有什么了。"有人说。

老远地还有人跑来,直抱怨,跑一身大汗,没看见什么,好像是应该单为他再烧几间房子才好。

观众渐渐散了,像是戏园子刚散戏。

孩子是成年人的父亲；
我愿我以后一天天的时间，
借崇拜自然而得以连接不断。

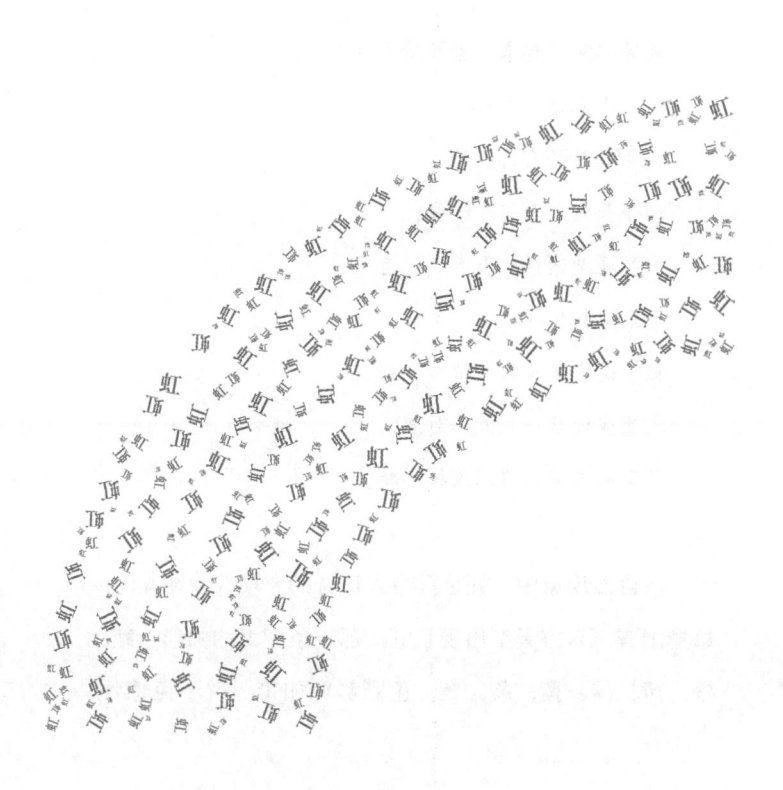

虹

英国诗人华次渥兹[1]于一八〇二年作了一首小诗，仅仅九行，但是很概括地表明了他对自然的看法，大意是这样的：

我的心跳了起来，当我看见

天上有彩虹一条；

我生命开始有此经验，

如今长大成人仍是这般；

但愿还是这样，当我到了老年，

否则不如死掉！

孩子是成年人的父亲；

我愿我以后一天天的时间，

借崇拜自然而得以连接不断。

在自然现象中，虹是很令人惊奇的一项。我在儿时，每逢雨霁，东方天空出现长虹，那一条庞大的弧形，红、橙、黄、绿、蓝、靛、紫，色彩鲜明如带，就不免惊呼

---

1 即华兹华斯。——编者注

雀跃，我的大姐总是警告我说："不要手指，否则烂掉指头！"不知这宗迷信从何而起。古时"虹蜺"二字连用（蜺亦作霓），似乎是指近于龙的一种动物，雄为虹，雌为蜺，色鲜盛者为雄，暗者为雌。《尔雅》是这样说的。宋人刘敬叔《异苑》是一种神怪小说。有这样一条："晋陵薛愿有虹。饮其釜澳，须臾噏响便竭，愿輂酒灌之，随投随涸，便吐金满釜，于是灾弊日祛而丰富岁臻。"能虹饮的龙好像体形并不太大，而且颇为吉利。《史记·五帝纪》注："瞽瞍姓妫。妻曰握登，见大虹意感而生舜于姚墟。"虹还能使妇人意感而孕，真是匪夷所思。凡此不经之谈，皆是说明我们古人一直把虹看为有生命的动物，甚至为有神通的精灵。华次渥兹的泛神思想也就不足为异了。

我以前所见的虹都是短短的一橛，不是为房脊所遮，便是被树梢所掩，极目而望，瞬即消逝。近来旅游美洲，寄寓于西雅图，其地空旷开朗，气候特佳。一日午后雨霁，凭窗而望，"蝃蝀在东"，心中为之一震，犹之华次渥兹的"心跳了起来"。因为在我眼前的虹，不但色彩鲜，而且在广阔无垠的天空之中从陆地的一端拱起到另一端，足足地是个一百八十度的半圆弧形，像这样完整而伟大的虹以前从未见过,如今尽收眼底。我童心未泯,不禁大叫起来,惊动家人群出仰视,莫不叹为奇景。

华氏小诗末行公然标出"崇拜自然"四个字,是甚堪玩味的。基督徒崇拜的是上帝,而他崇拜的是自然,他对自然的态度有过几度的转变,幼时是纯感官的感受,长而赋自然以生命,最后则以外界的自然景象与自己的内心融为一体。他对自然的认识,既浪漫又神秘,和陶渊明所谓的"此中有真意,欲辨已忘言"像是有些相近。

据说饮食男女是人之大欲，
所以我们既生而为人，也就不能免俗。 **吃**

据说饮食男女是人之大欲，所以我们既生而为人，也就不能免俗。然而讲究起吃来，这其中有艺术，又有科学，要天才，还要经验，尽毕生之力恐怕未必能穷其奥妙。听说美国哥伦比亚大学师范院（就是杜威、克伯屈的讲学之所），就有好几门专研究吃的学科。甚笑哉，吃之难也！

我们中国人讲究吃，是世界第一。此非一人之言也，天下人之言也。随便哪位厨师，手艺都不在杜威、克伯屈的高足之下。然而一般中国人之最善于吃者，莫过于北京的破旗人。从前旗人，坐享钱粮，整天闲着，便在吃上用功，现在旗人虽多中落，而吃风尚未尽泯。四个铜板的肉，两个铜板的油，在这小小的范围之内，他能设法调度，吃出一个道理来。富庶的人，更不必说了。单讲究吃得精，不算本事。我们中国人外带着肚量大。一桌酒席，可以连上一二十道菜，甜的、咸的、酸的、辣的，吃在肚里，五味调和。饱餐之后，一个个的吃得头部发沉，步履维艰。不吃到这个程度，便算是没有吃饱。

荀子曰："无廉耻而嗜乎饮食，则可谓恶少者矣。"我们中国人，迹近恶少者恐怕就不在少数。

上天生人，在他嘴里安放一条舌，
舌上还有无数的味蕾，教人焉得不馋？ 馋

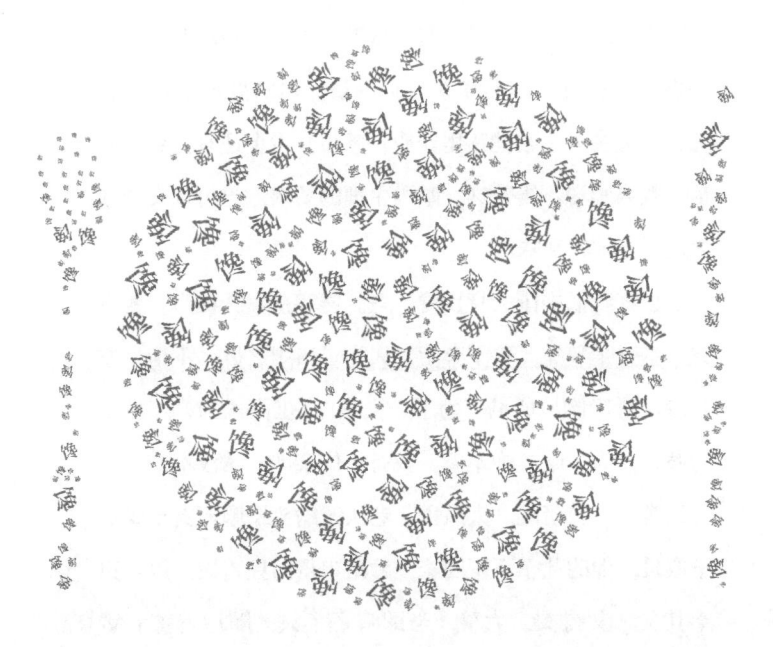

馋，在英文里找不到一个十分适当的字。罗马暴君尼禄，以至于英国的亨利八世，在大宴群臣的时候，常见其撕下一根根又粗又壮的鸡腿，举起来大嚼，旁若无人，好一副饕餮相！但那不是馋。埃及废王法鲁克，据说每天早餐一口气吃二十个荷包蛋，也不是馋，只是放肆，只是没有吃相。对于某一种食物有所偏好，于是大量地吃，这是贪得无厌。馋，则着重在食物的质，最需要满足的是品味。上天生人，在他嘴里安放一条舌，舌上还有无数的味蕾，教人焉得不馋？馋，基于生理的要求，也可以发展成为近于艺术的趣味。

也许我们中国人特别馋一些。馋字从食，毚声。毚音谗，本义是狡兔，善于奔走，人为了口腹之欲，不惜多方奔走以膏馋吻，所谓"为了一张嘴，跑断两条腿"。真正的馋人，为了吃，绝不懒。我有一位亲戚，属汉军旗，又穷又馋。一日傍晚，大风雪，老头子缩头缩脑偎着小煤炉子取暖。他的儿子下班回家，顺路市得四只鸭梨，以一只奉其父。父得梨，大喜，当即啃了半只，随后就披衣戴帽，拿着一只小碗，冲出门外，在风雪交加中不见了人影。他的儿子只听得大门哐啷一声响，追已无及。越一小时，老头子托着小碗回来了，原来他是要吃楂梨拌梨丝！从前酒席，一上来就是四干、四鲜、四蜜饯，楂梨、鸭梨是现成的，饭后一盘楂梨拌梨丝别有风味（没有鸭梨的时候白菜心也能代替）。这老头子吃剩半个梨，突然想起此味，乃不惜于风雪之中奔走一小时。这就是馋。

人之最馋的时候是在想吃一样东西而又不可得的那一段期间。希腊神话中之谭塔勒斯，水深及颚而不得饮，果实当前而不得食，饿火中烧，痛苦万状，他的感觉不是馋，是求生不成求死不得。馋没有这样的严重。人之犯馋，是在饱暖之余，眼看着、回想起或是谈论到某一美味，喉头像是有馋虫搔抓作痒，只好干咽唾沫。一旦得遂所愿，恣情享受，浑身通泰。抗战七八年，我在后方，真想吃故都的食物，人就是这个样子，对于家乡风味总是念念不忘，其实"千里莼羹，未下盐豉"也不见得像传说的那样迷人。我曾痴想北平羊头肉的风味，想了七八年；胜利还乡之后，一个冬夜，听得深巷卖羊头肉小贩的吆喝声，立即从被窝里爬出来，把小贩唤进门洞，我坐在懒凳上看着他于暗淡的油灯照明之下，抽出一把雪亮的薄刀，横着刀刃片羊脸子，片得飞薄，然后取出一只蒙着纱布的羊角，撒上一些椒盐。我托着一盘羊头肉，重复钻进被窝，在枕上一片一片地把羊头肉放进嘴里，不知不觉地进入了睡乡，十分满足地解了馋瘾。但是，老实讲，滋味虽好，总不及在痴想时所想象的香。我小时候，早晨跟我哥哥步行到大鹁鸽市陶氏学堂上学，校门口有个小吃摊贩，切下一片片的东西放在碟子上，洒上红糖汁、玫瑰木樨，淡紫色，样子实在令人馋涎欲滴。走近看，知道是糯米藕。一问价钱，要四个铜板，而我们早点费每天只有两个铜板，我们当下决定，饿一天，明天就可以一尝异味。所付代价太大，所以也不能常吃。糯米藕一直在我心中留下了不可磨灭的印象。后来成家立业，想吃糯米藕不费吹灰之力，餐馆里有时也有供应，不过浅尝辄止，不复有当年之馋。

馋与阶级无关。豪富人家，日食万钱，犹云无下箸处，是因为他这种所谓饮食之人放纵过度，连馋的本能和机会都被剥夺了，他不是不馋，也不是太馋，他麻木了，所以他就要千方百计地在食物方面寻求新的材料、新的刺激。我有一位朋友，湖南桂东县人，他那偏僻小县却因乳猪而著名，他告我说每年某巨公派人前去采购乳猪，搭飞机运走，充实他的郇厨。烤乳猪，何地无之？何必远求？我还记得有人做寿筵，客有专诚献"烤方"者，选尺余见方的细皮嫩肉的猪臀一整块，用铁钩挂在架上，以炭火燔炙，时而武火，时而文火，烤数小时而皮焦肉熟。上桌时，先是一盘脆皮，随后是大薄片的白肉，其味绝美，与广东的烤猪或北平的炉肉风味不同，使得一桌的珍馐相形见绌。可见天下之口有同嗜，普通的一块上好的猪肉，苟处理得法，即快朵颐。像《世说新语》所谓，王武子家的蒸豚，乃是以人乳喂养的，实在觉得多此一举，怪不得魏武未终席而去。人是肉食动物，不必等到"七十者可以食肉矣"，平素有一些肉类佐餐，也就可以满足了。

北平人馋，可是也没听说有谁真个馋死，或是为了馋而倾家荡产。大抵好吃的东西都有个季节，逢时按节地享受一番，会因自然调节而不逾矩。开春吃春饼，随后黄花鱼上市，紧接着大头鱼也来了，恰巧这时候后院花椒树发芽，正好掐下来烹鱼。鱼季过后，青蛤当令。紫藤花开，吃藤萝饼；玫瑰花开，吃玫瑰饼；还有枣泥大花糕。到了夏季，"老鸡头才上河哟"，紧接着是菱角、莲蓬、藕、豌豆糕、驴打滚、艾窝窝，一起出现。席上常见水晶肘，坊间唱卖烧羊肉,这时候嫩黄瓜、新蒜头应时而至。秋风一起,先闻到糖炒栗子的气味,然后就是炰烤涮羊肉,还有七尖八团的大螃蟹。"老婆老婆你别馋,过了腊八就是年。"过年前后,食物的丰盛就更不必细说。一年四季地馋,周而复始地吃。

馋非罪,反而是胃口好、健康的现象,比食而不知其味要好得多。

腊八粥是粥类中的综艺节目。　粥

我不爱吃粥,小时候一生病就被迫喝粥,因此非常怕生病。平素早点总是烧饼、油条、馒头、包子,非干物生噎不饱。抗战时在外做客,偶寓友人家,早餐是一锅稀饭,四色小菜大家分享。一小块酱豆腐在碟子中央孤立,一小撮花生米疏疏落落地撒在盘子中,一根油条斩作许多碎块堆在碟中成一小丘,一个完整的皮蛋在酱油碟中晃来晃去。不能说是不丰盛了,但是干噎惯了的人就觉得委屈,如果不算是虐待。

也有例外。我母亲若是亲自熬一小薄铫儿的粥,分半碗给我吃,我甘之如饴。薄铫儿即是有柄有盖的小砂锅,最多能煮两小碗粥,在小白炉子的火口边上煮。不用剩饭煮,用生米淘净慢煨。水一次加足,不半途添水。始终不加搅和,任它翻滚。这样煮出来的粥,黏糊,烂,而颗颗米粒是完整的,香。再佐以笋尖火腿糟豆腐之类,其味甚佳。

一说起粥,就不免想起从前北方的粥厂,那是慈善机关或好心人士施舍救济的地方。每逢冬天就有不少鹑衣百结的人排队领粥。"粥不继"就是形容连粥都没的喝的人。"馇"是稠粥,粥指稀粥。喝粥暂时装满肚皮,不能经久。

喝粥聊胜于喝西北风。

不过我们也必须承认,某些粥还是蛮好喝的。北方人家熬粥熟,有时加上大把的白菜心,俟菜烂再撒上一些盐和麻油,别有风味,名为"菜粥"。若是粥煮好后取嫩荷叶洗净铺在粥上,粥变成淡淡的绿色,有一股荷叶的清香渗入粥内,是为"荷叶粥"。从前北平有所谓粥铺,清晨卖"甜浆粥",是用一种碎米熬成的稀米汤,有一种奇特的风味,佐以特制的螺丝转儿炸麻花儿,是很别致的平民化早点,但是不知何故被淘汰了。还有所谓大麦粥,是沿街叫卖的平民食物,有异香,也不见了。

台湾消夜所谓"清粥小菜",粥里经常羼有红薯,味亦不恶。小菜真正是小盘小碗,荤素俱备。白日正餐大鱼大肉,消夜啜粥甚宜。

腊八粥是粥类中的综艺节目。北平雍和宫煮腊八粥,据《旧京风俗志》,是由内务府主办,惊师动众,这一顿粥要耗十万两银子!煮好先恭呈御用,然后分别赏赐王公大臣,这不是喝粥,这是招摇。然而煮腊八粥的风俗深入民间至今弗辍。

我小时候喝腊八粥是一件大事。午夜才过,我的二舅爹爹（我父亲的二舅父）就开始作业，搬出擦得锃光大亮的大小铜锅两个，大的高一尺开外，口径约一尺。然后把预先分别泡过的五谷杂粮如小米、红豆、老鸡头、薏仁米，以及粥果如白果、栗子、红枣、桂圆肉之类，开始熬煮，不住地用长柄大勺搅动，防粘锅底。两锅内容不太一样，大的粗糙些，小的细致些，以粥果多少为别。此外尚有额外精致粥果另装一盘，如瓜子仁、杏仁、葡萄干、红丝青丝、松子、蜜饯之类，准备临时放在粥面上的。等到腊八早晨，每人一大碗，尽量加红糖，稀里呼噜地喝个尽兴。家家熬粥，家家送粥给亲友，东一碗来，西一碗去，真是多此一举。剩下的粥，倒在大绿釉瓦盆里，自然凝冻，留到年底也不会坏。自从丧乱，年年过腊八，年年有粥喝，兴致未减，材料难求，因陋就简，虚应故事而已。

我们中国人，
比较起来是消费牛奶很少的一个民族。 酪

酪就是凝冻的牛奶,北平有名的食物,我在别处还没有见过。到夏天下午,卖酪的小贩挑着两个木桶就出现了,桶上盖着一块蓝布,在大街小巷里穿行,他的叫卖声是:"伊——哟,酪——啊!""伊哟"不知何解。住家的公子哥儿们把卖酪的喊进了门洞儿,坐在长条的懒凳上,不慌不忙地喝酪。木桶里中间放一块冰,四周围全是一碗碗的酪,每碗上架一块木板,几十碗酪可以叠架起来。卖酪的顺手递给你一把小勺,名为勺,实际上是略具匙形的一片马口铁。你用这飞薄的小勺慢慢地取食,又香又甜又凉,一碗不够再来一碗。卖酪的为推销起见特备一个签筒,你付钱抽签,抽中了上好的签可以白喝若干碗。通常总是卖酪的净赚,可是有一回我亲眼看见一位大宅门儿的公子哥儿,不知为什么手气那样好,一连几签把整个一挑子的酪都赢走了,登时喊叫家里的厨子车夫打杂儿的都到门洞儿里来喝免费的酪,只见那卖酪的咧着嘴大哭。

酪有酪铺。我家附近,东四牌楼根儿底下就有一家。最有名的一家是在前门外框儿胡同北头儿路西,我记不得他的字号了。掀门帘进去,里面没有什么设备,一边靠墙几个大木桶,一边几个座。他家的酪,牛奶醇而新鲜,所以味道与众不同，大碗带果的尤佳，酪里面有瓜子仁，于喝咽之外有点东西咀嚼，别有风味。每途经其地，或是散戏出来，必定喝他两碗。

看戏的时候，也少不了有卖酪的托着盘子在拥挤不堪的客座中间穿来穿去，口里喊着："酪——来——酪！"听戏在入神的时候，卖酪的最讨人厌。有一回小丑李敬山在台上和另一小丑打诨，他问："你听见过王八是怎样叫唤的吗？""没听过。""你听——"这时候有一位卖酪的正从台前经过，口里喊着："酪——来——酪！"于是观众哄堂大笑。

久离北平的人，不免犯馋，想北平的吃食，酪是其中之一。齐如山先生有一天请我到他家去喝酪。酪是黄媛珊女士做的，样子很好，味也不错，就是少那么一点点北平酪的香味，那香味应该说是近似酒香。她是大批地做，一做就是百儿八十碗，我去喝酪的那天，正见齐瑛先生把酪装上吉普车送往中华路一家店铺代售。我后来看到，那家店铺窗上贴着写有"北平奶酪"的红纸条。可惜光顾的人很少，因为"膻肉酪浆，以充饥渴"究竟是北方人的习俗，而在北方畜牧亦不发达，所谓的酪只有北平城里的人才得享用。齐府所制之酪，不久成为绝响。

我们中国人，比较起来是消费牛奶很少的一个民族。我个人就很怕喝奶，温热了喝有一股腥气，冷冻了捏着鼻子往下灌又觉得长久胃里吃不消，可是做成酪我就喜欢喝。喝了几十年酪，不知酪是怎样做的。查书，《饮膳正要》云："造法用乳半勺锅内炒过，入余乳熬数十沸，常以勺纵横搅之，乃倾出，罐盛待冷，掠取浮皮以为酥，入旧酪少许，纸封放之，即成矣。"说得轻松，我不敢尝试，总疑心奶不能那么容易凝结，好像需要加进一点什么才成，好像做豆腐也要在豆浆里点一些盐卤才成。过去有酪喝，也就不想自己试做。黄媛珊女士做了，我也喝了，就是忘了问她是怎么做的，也许问过了，现在又忘了她是怎么说的。我来美国住了一阵之后，在我女儿文蔷家里又喝到了酪，是外国做法，虽不敢说和北平的酪媲美，至少慰情聊胜于无。现在把制法简述于下，以飨同好。

一、新鲜全脂牛奶，一夸特[1]可以做六饭碗。奶粉也行，总不及鲜奶。

---

[1] 美制容量单位，1夸特约为0.95升。——编者注

二、奶里加酌量的糖，及香料少许，杏仁精就很好，凡尼拉也行，不过我以为用甜酒调味（rum flavor）效果更佳。也有人说用金门高粱也很好。

三、凝乳片（rennet tablet）放在冷水里溶化，每片可做两碗。这种凝乳片是由牛犊的胃内膜提炼而成的，美国一般超级市场有售。

四、牛奶加温至华氏一百一十度[1]，不可太热，如用口尝微温即可，绝对不可使沸，如太热须俟其冷却。

五、将凝乳剂倾入奶中，稍加搅和，俟冷放进冰箱，冰凉即可食用。手续很简便，不到一刻钟就完成了，曾几度持以待客，均食之而甘，仿佛又回到了北平，"酪——来——酪"之声盈耳。

---

[1] 约43摄氏度。——编者注

笋

油焖笋非春笋不可,而春笋季节不长,故罐头油焖笋一向颇受欢迎,唯近制多粗制滥造耳。

我们中国人好吃竹笋。《诗·大雅·韩奕》:"其蔌维何?维笋及蒲。"可见自古以来,就视竹笋为上好的蔬菜。唐朝还有专员管理植竹,《唐书·百官志》:"司竹监掌植竹苇……岁以笋供尚食。"到了宋朝的苏东坡,初到黄州立刻就吟出"长江绕郭知鱼美,好竹连山觉笋香"之句,后来传诵一时的"无竹令人俗,无肉使人瘦。若要不俗也不瘦,餐餐笋煮肉",更是明白表示笋是餐餐所不可少的。不但人爱吃笋,熊猫也非吃竹枝竹叶不可,竹林若是开了花,熊猫如不迁徙便会饿死。

笋,竹萌也。竹类非一,生笋的季节亦异,所以笋也有不同种类。苦竹之笋当然味苦,但是苦的程度不同。太苦的笋难以入口,微苦则亦别有风味,如食苦瓜、苦菜、苦酒,并不嫌其味苦。苦笋先煮一过,可以稍减苦味。苏东坡是吃笋专家,他不排斥苦笋,有句云:"久抛菘葛犹细事,苦笋江豚那忍说。"他对苦笋还念念不忘呢。黄鲁直曾调侃他:"公如端为苦笋归,明日春衫诚可脱。"为了吃苦笋,连官都可以不做。我们在台湾夏季所吃到的鲜笋,非常脆嫩,有时候不善挑选的人也会买到微带苦味的。好像从笋的外表形状就可以知道其是否苦笋。

春笋不但细嫩清脆，而且样子也漂亮。细细长长的，洁白光润，没有一点瑕疵。春雨之后，竹笋骤发，水分充足，纤维特细。古人形容妇女手指之美常曰春笋。"秋波浅浅银灯下，春笋纤纤玉镜前。"（《剪灯余话》）这比喻不算夸张，你若是没见过春笋一般的手指，那是你所见不广。春笋怎样做都好，煎炒煨炖，无不佳妙。油焖笋非春笋不可，而春笋季节不长，故罐头油焖笋一向颇受欢迎，唯近制多粗制滥造耳。

冬笋最美。杜甫《发秦州》："密竹复冬笋。"好像是他一路挖冬笋吃。冬笋不生在地面，冬天是藏在土里，需要掘出来。因其深藏不露，所以质地细密。北方竹子少，冬笋是外来的，相当贵重。在北平馆子里叫一盘"炒二冬"（冬笋冬菇）就算是好菜。东兴楼的"虾子烧冬笋"，春华楼的"火腿煨冬笋"，都是名菜。过年的时候，若是以一蒲包的冬笋、一蒲包的黄瓜送人，这份礼不轻，而且也投老饕之所好。我从小最爱吃的一道菜，就是冬笋炒肉丝，加一点韭黄木耳，临起锅浇一勺绍兴酒，认为那是无上妙品——但是一定要我母亲亲自掌勺。

笋尖也是好东西，杭州的最好。在北平有时候深巷里发出跑单帮的杭州来的小贩的叫卖声，他背负大竹筐，有小竹篓的笋尖兜售。他的笋尖是比较新鲜的，所以还有些软。肉丝炒笋尖很有味，羼在素什锦或烤麸之类里面也好，甚至以笋尖烧豆腐也别有风味。笋尖之外还有所谓"素火腿"者，是大片的制炼过的干笋，黑黑的，可以当作零食啃。

究竟笋是越鲜越好。有一年我随舅氏游西湖，在灵隐寺前面的一家餐馆进膳，是素菜馆，但是一盘冬菇烧笋真是做得出神入化，主要的是因为笋新鲜。前些年一位朋友避暑上狮头山住最高处一尼庵，贻书给我说："山居多佳趣，每日素斋有新砍之笋，味绝鲜美，盍来共尝？"我没去，至今引以为憾。

关于冬笋，台南陆国基先生赐书有所补正，他说："'冬笋不生在地面，冬天是藏在土里'这两句话若改作'冬笋是生长在土里'，较为简明。兹将冬笋生长过程略述于后。我们常吃的冬笋为孟宗竹笋（台湾建屋搭鹰架用竹），是笋中较好吃的一种，隔年秋初，从地下茎上发芽，慢慢生长，至冬天已可挖吃。竹的地下茎，在土中深浅不一，离地面约十厘米所生竹笋，其尖（芽）端已露出土壤，笋箨呈青绿。离地表面约尺许所生竹笋，冬天尚未露出土表，观土面隆起，布有新细缝者，即为竹笋所在。用锄挖出，笋箨淡黄。若离地面一尺以下所生竹笋，地面表无迹象，殊难找着。要是掘笋老手，观竹枝开展，则知地下茎方向，亦可挖到竹笋。至春暖花开，雨水充足，深土中竹笋迅速伸出地面，即称春笋。实际冬笋春笋原为一物，只是出土有先后，季节不同。所有竹笋未出地面都较好吃，非独孟宗竹为然。"

附此志谢。

鸽子的样子怪可爱的，
在天空打旋尤为美观，
我们也没想过吃它的肉。

鸽

明陶宗仪《南村辍耕录》："颜清甫，曲阜人……尝卧病。其幼子偶弹得一鹁鸽，归以供膳。"用弹弓打鸽子，在北方是常有的事，打下来就吃掉它。颜家小子打下的鸽子是一只传书鸽，这情形就尴尬了，害得颜先生专诚到传书人家去道歉。

我小时候家里就有发射泥丸的弓弩大小二只，专用以打房脊上落着的乌鸦，嫌它呱呱叫不吉利，可是从来没打中过一只。鸽子更是没有打过。鸽子的样子怪可爱的，在天空打旋尤为美观，我们也没想过吃它的肉。有许多的人家养鸽子，不拘品种，只图其肥，视为家禽的一种。我不觉得它的肉有什么特别诱人处。

吃鸽子的风气大概是以广东为最盛。烧烤店里常挂着一排排的烤鸽子。酒席里的油淋乳鸽，湘菜馆里也常见。乳鸽取其小而嫩，连头带脚一起弄熟了端上桌，有人专吃它胸脯一块肉，也有人爱嚼整个小脑袋瓜，嚼得咔吱咔吱响。台北开设过一家专卖乳鸽的餐馆，大登广告，不久就关张了，可见嗜油淋乳鸽者不多。

炒鸽松比较地还可以吃，因为鸽肉已经切碎，杂以一些作料，再有一块莴苣叶包卷起来，吃不出什么鸽肉的味道。就像吃果子狸，也吃不出什么特别的味道，直到看见有人从汤里捞出一个龇牙咧嘴的脑壳，才晓得是吃了果子狸。

北方馆子有红烧鸽蛋一味。鸽蛋比鹌鹑蛋略大，其蛋白蛋黄比鹌鹑蛋嫩，比鸡蛋也嫩得多。先煮熟，剥壳，下油锅炸，炸得外皮焦黄起皱，再回锅煎焖，投下冬菇笋片火腿之类的作料，勾芡起锅，好几道手续，相当麻烦。可是蛋白微微透明，蛋不大不小，正好一口一个，滋味不错。有人任性，曾一口气连吃了三盘！

食蟹而不失原味的唯一方法
是放在笼屉里整只地蒸。

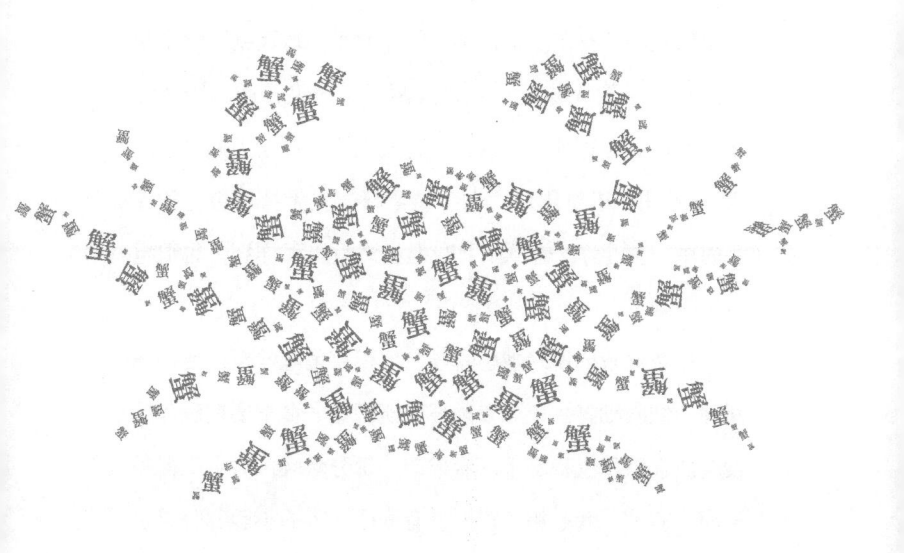

蟹

蟹是美味，人人喜爱，无间南北，不分雅俗。当然我说的是河蟹，不是海蟹。在台湾有人专程飞到香港去吃大闸蟹。好多年前我的一位朋友从香港带回了一篓螃蟹，分飨我两只，得膏馋吻。蟹不一定要大闸的，秋高气爽的时节，大陆上任何湖沼溪流，岸边稻米高粱一熟，率多盛产螃蟹。在北平，在上海，小贩担着螃蟹满街吆唤。

七尖八团，七月里吃尖脐（雄），八月里吃团脐（雌），那是蟹正肥的季节。记得小时候在北平，每逢到了这个季节，家里总要大吃几顿，每人两只，一尖一团。照例通知长发送五斤花雕全家共饮。有蟹无酒，那是大煞风景的事。《晋书·毕卓传》："右手持酒杯，左手持蟹螯，拍浮酒船中，便足了一生矣！"我们虽然没有那样狂，也很觉得乐陶陶了。

母亲对我们说，她小时候在杭州家里吃螃蟹，要慢条斯理，细吹细打，一点蟹肉都不能糟蹋，食毕要把破碎的蟹壳放在戥子上称一下，看谁的一份分量轻，表示吃得最干净，有奖。我心粗气浮，没有耐心，蟹的小腿部分总是弃而不食，肚子部分囫囵略咬而已。每次食毕，母亲教我们到后院采择艾尖一大把，搓碎了洗手，去腥气。

在餐馆里吃"炒蟹肉",南人称蟹粉,有肉有黄,免得自己剥壳,吃起来痛快,味道就差多了。西餐馆把蟹肉剥出来,填在蟹匡(蟹匡即蟹壳)里烤,那种吃法别致,也索然寡味。食蟹而不失原味的唯一方法是放在笼屉里整只地蒸。在北平吃螃蟹唯一好去处是前门外肉市正阳楼。他家的蟹特大而肥,从天津运到北平的大批蟹,到车站开包,正阳楼先下手挑拣其中最肥大者,比普通摆在市场或摊贩手中者可以大一倍有余,我不知道他是怎样获得这一特权的。蟹到店中畜在大缸里,浇鸡蛋白催肥,一两天后才应客。我曾掀开缸盖看过,满缸的蛋白泡沫。食客每人一份小木槌小木垫,黄杨木制,旋床子定制的,小巧合用,敲敲打打,可免牙咬手剥之劳。我们因是老主顾,伙计送了我们好几副这样的工具。这个伙计还有一样绝活,能吃活蟹,请他表演他也不辞。他取来一只活蟹,两指掐住蟹匡,任它双螯乱舞轻轻把脐掰开,咔嚓一声把蟹壳揭开,然后扯碎入口大嚼,看得人无不心惊。据他说味极美,想来也和吃炝活虾差不多。在正阳楼吃蟹,每客一尖一团足矣,然后补上一碟烤羊肉夹烧饼而食之,酒足饭饱。别忘了要一碗氽大甲,这碗汤妙趣无穷,高汤一碗煮沸，投下剥好了的蟹螯七八块，立即起锅注在碗内，撒上芫荽末，胡椒粉，和切碎了的回锅老油条。除了这一味余大甲，没有任何别的羹汤可以压得住这一餐饭的阵脚。以蒸蟹始，以大甲汤终，前后照应，犹如一篇起承转合的文章。

蟹黄蟹肉有许多种吃法，烧白菜，烧鱼唇，烧鱼翅，都可以。蟹黄烧卖则尤其可口，唯必须真有蟹黄蟹肉放在馅内才好，不是一两小块蟹黄摆在外面做样子的。蟹肉可以腌后收藏起来，是为蟹胥，俗名为蟹酱，这是我们古已有之的美味。《周礼·天官·庖人注》："青州之蟹胥。"青州在山东，我在山东住过，却不曾吃过青州蟹胥，但是我有一位家乡在芜湖的同学，他从家乡带了一小坛蟹酱给我。打开坛子，黄澄澄的蟹油一层，香气扑鼻。一碗阳春面，加进一两匙蟹酱，岂止是"清水变鸡汤"？

海蟹虽然味较差，但是个子粗大，肉多。从前我乘船路过烟台威海卫，停泊之后，舢板云集，大半是贩卖螃蟹和大虾的，都是煮熟了的。价钱便宜，买来就可以吃。虽然微有腥气，聊胜于无。生平吃海蟹最满意的一次，是在美国华盛顿州的安哲利斯港的码头附近，买得两只巨蟹，硕大无朋，从冰柜里取出，却十分新鲜，也是煮熟了的，一家人乘等候轮渡之便，在车上分而食之，味甚鲜美，和河蟹相比各有千秋，这一次的享受至今难忘。

　　陆放翁诗："磊落金盘荐糖蟹。"我不知道螃蟹可以加糖。可是古人记载确有其事。《清异录》："炀帝幸江都，吴中贡糖蟹。"《梦溪笔谈》："大业中，吴郡贡蜜蟹二千头……大抵南人嗜咸，北人嗜甘。鱼蟹加糖蜜，盖便于北俗也。"如今北人没有这种风俗，至少我没有吃过甜螃蟹，我只吃过南人的醉蟹，真咸！螃蟹蘸姜醋，是标准的吃法，常有人在醋里加糖，变成酸甜的味道，怪！

© 中南博集天卷文化传媒有限公司。本书版权受法律保护。未经权利人许可，任何人不得以任何方式使用本书包括正文、插图、封面、版式等任何部分内容，违者将受到法律制裁。

图书在版编目（CIP）数据

我也是第一次当人 / 梁实秋著. -- 长沙：湖南文艺出版社，2025.4. -- ISBN 978-7-5726-2171-0

I.I266

中国国家版本馆 CIP 数据核字第 20246FE994 号

上架建议：畅销·文学

WO YE SHI DI-YI CI DANG REN
我也是第一次当人

著　　者：梁实秋
出 版 人：陈新文
责任编辑：吕苗莉
监　　制：毛闽峰
图书策划：颜若寒　史义伟
特约编辑：云　爽
营销编辑：刘　珣　大　焦
装帧设计：付诗意
插图绘制：陈育琼
出　　版：湖南文艺出版社
　　　　　（长沙市雨花区东二环一段 508 号　邮编：410014）
网　　址：www.hnwy.net
印　　刷：三河市中晟雅豪印务有限公司
经　　销：新华书店
开　　本：775 mm × 1120 mm　1/32
字　　数：124 千字
印　　张：8
版　　次：2025 年 4 月第 1 版
印　　次：2025 年 4 月第 1 次印刷
书　　号：ISBN 978-7-5726-2171-0
定　　价：49.80 元

若有质量问题，请致电质量监督电话：010-59096394
团购电话：010-59320018